銀行炎上

絶対不祥事

渋井正浩

ダイヤモンド社

「銀行炎上　絶対不祥事」目次

第一章　サガミ銀行　本店融資部

ホテルのパーティー会場は活気に満ちていた。いくつもの丸テーブルの周囲で名刺交換が行われている。

「大盛況だね、支店長」

声に気づくと、若宮一樹は深々と頭を下げた。

「わざわざご臨席賜るとは光栄です、頭取」

鷹揚にうなずいてから、相手は言った。

「君の提案した医工連携による地方創生の取り組みは非常に興味深いし、今回の支店のイベントで手応えも十分感じられた」

地方創生を推進する政府や金融庁から銀行はいっそうの取り組み強化を課されている。頭取や役員たちは〝手柄〟を一つでも二つでも欲しがっていた。そうでなければ母店でもない一支店のイベントに顔など出すはずもない。

「これからもよろしく頼む」

頭取は若宮の肩に軽く手を置いてから会場の中央に赴きポーズを取って、同行していたカメラマンに写真を何枚か撮らせた。経済紙の記事にでもなるのだろう。撮影を済ませるとダークスーツの一団を率いて宴会場から早々に退出していった。会場にいる取引先の経営者たちに挨拶する気など毛頭ないらしい。顧客第一主義とはよく言ったものだ。あわてて一団に追いつくと、営業課長が気を利かせてエレベーターのボタンを押して待機してくれていた。扉が閉じて五秒後まで直角のお辞儀を続ける。顧客は三秒、上司は五秒。新人の頃に先輩から口酸っぱく言われた作法である。

「頭取自らお出ましになるなんて、本郷支店の行員として誇らしいです」と、若い営業課長は感激した面持ちで言う。

若宮一樹が支店長を務める『やよい銀行本郷支店』は、東京都文京区の本郷三丁目交差点近くに立地する。交差点の東は湯島エリア、西は東京ドームがある春日・後楽園エリア、南は医学系大学やその附属病院が集まる御茶ノ水エリアとなる。支店から本郷通りを北へ五分も歩くと、緑豊かな東京大学・本郷キャンパスの敷地が広がる。

本郷支店は新宿、渋谷、上野などターミナル駅の支店と比べ規模では及ばないものの、歴代、東大出身者が支店長になる名門店舗である。私立大出身の若宮の支店長着任は異例中の異例であった。銀行の若宮への評価や期待が十分に表れている。

さらに四十代前半、同期トップグループでの支店長昇格となれば風当たりも強い。支店長会議の席で東大出身のベテラン支店長から「本郷で赤門以外の支店長とはな」と面と向かって嫌味を言われたこともあった。

上等じゃないか。

若宮は闘志を燃やした。自ら外回りに汗を流して、取引先を回っているうちに今回のビジネス・マッチング会の開催を考えついた。大学附属病院が多く立地する本郷地区は医療機器産業の集積地である。四〇〇社近い医療機器メーカーがひしめき、その規模は日本最大と言われている。医療機器産業はグローバルな成長が期待されることから、政府は医工連携によって地方の中小製造業の医療機器分野への進出を促そうとしていた。

「首都圏の医療機器企業と地方をつなぐ役割は、全国に拠点を持つ私たちメガバンクにしか果たせません」

若宮は金屏風を背にステージに立ち、熱っぽく語った。

「本郷支店のお取引先の皆さま、そして各地の支店でお取引いただいている全国のモノづくり企業さまとの交流・商談イベントを開催し、皆さまのお役に立とうと、新米支店長ながら尽力してまいりました」

会場は大きな拍手に包まれた。総勢二〇〇名。予想以上の反響だった。

若宮は拍手に加わらない人物がいることに気づいた。中年の男性で、参加者をかきわけて演壇に近づいてくる。なぜかよれよれの作業服姿だった。

誰だ？

男には見覚えがある。確か取引先だ。相手はどんどん距離を縮めてきた。右手に出刃包丁を持っていた。

「ぶっころしてやる、支店長」

男のやつれた表情が眼前に迫ってきて、若宮はようやく思い出した。一〇日ほど前に融資を断った取引先の社長だった。従業員がなけなしの資金を持ち逃げして緊急融資を申し込んできたものの、経営不振先で追加の支援融資など打てるわけもなかった。

若宮は左腕に激しい痛みを感じた。次の瞬間、意識が暗い場所へ落ちていく。相手が違うだろ、持ち逃げした従業員をうらめよと、目を閉じながら思った。

†††

「若宮次長、名刺をお届けにまいりました」

総務の女性行員に礼を言って、若宮はプラスチックの箱から刷り上がったばかりの名刺を一枚取り出した。

サガミ銀行
融資部 次長
若宮一樹

勤務地は、神奈川県鎌倉市大船にある本店である。

「都落ちね」と妻に言われた。

「一〇〇〇年前は日本の中心だったじゃん」と高校生二年生の娘は精一杯フォローしてくれた。

正確には八〇〇年前だが、優しい心の持ち主に育ってくれて親としては感謝である。


あの事件が起き、入院三日目に支店長職を解かれ人事部付となった。事情はどうあれ、新聞の社会面に載るような大失態を犯した自分に銀行での居場所はもうない。多分、数カ月後には取引先の中小企業へ片道切符の出向だろう。だが若宮は四三歳。やよい銀行の行員としては終わってしまったが、まだ銀行員としては終わりたくなかった。

「美咲は元気にやっているかな」

若宮はつぶやいた。娘は来年受験を控えているから転校させるわけにはいかない。結局、二人を千葉市内のマンションに残して、新たな勤務地である鎌倉市内に先週から単身赴任している。

内線が鳴った。受話器を取ると秘書室からだった。

「副頭取がお呼びです」

受話器を置いて上司の融資部長の席に向かった。

部長は陰で大仏様と呼ばれていた。その体型と、鎌倉という場所柄からでもあるのだろうか。あと三年で定年を迎えるため、万事つつがなく、平穏無事が信条である。

「部長、秘書室から連絡があり、副頭取から呼び出されました」

「君が？」

「そのようです」

「だったら、早く行きなさい。トップからのお呼び出しは親の死に目のほかは、何よりも最優先事項ですよ」

若宮は転職一週間目で初めて役員フロア、実質的には頭取・副頭取専用フロアに立ち入ることとなった。


最上階でエレベーターを降りた途端、「やはりオーナー経営者は絶対なんだな」と思った。エレベーターホールには風情のある石が一面に敷かれ、竹藪の小径が続いている。まるで箱根の高級旅館のようだ。

「お待ちしておりました」

苔むした坪庭の前で若い女性の秘書が立っていた。さすがに着物ではなく、銀行の制服を着ている。背後に重厚なオーク材の扉が見えた。秘書が扉を開ける。赤い絨毯が敷き詰められた廊下が続くのを見て、若宮は小学校の遠足で訪れた国会議事堂を思い出した。マホガニーの板が張られた壁には何点もの絵が架かっている。

「すごいな」

若宮は感嘆の吐息をもらした。

「まるで美術館にやってきた気分だ」

「頭取、副頭取、ご兄弟そろって熱心なコレクターですから」と秘書は小さく笑顔を見せた。「毎月、コレクションの何点かを選んでこちらに飾るんですよ」

それぞれの自宅の収蔵庫には先祖代々蒐集した膨大な美術品が収められているという。

「本店の前にあるブロンズ像が曾祖父の南条慶太郎氏ですよね」

「はい、当行の創業者です」

サガミ銀行は神奈川県鎌倉市に本店を置く地方銀行である。全国に約一〇〇行ある地方銀行の中で中堅に位置する。主たる営業エリアは神奈川県を中心とした首都圏で、全国主要都市を含めて国内一二〇店舗を有している。創業は明治三〇年。江戸時代から続く名門・南条家一七代当主の慶太郎氏によって設立された。当初の表記は相模銀行。一族代々の拠点である相模国《さがみのくに》が由来である。四代目現頭取・南条慶一郎氏が就任して数年後にサガミ銀行へ商号変更をしている。南条家および関係会社や団体が銀行の株式の一五パーセント弱を保有しており、初代頭取以降、創業家一族が経営トップに就いていた。兄の南条慶一郎頭取、それを支える弟の慶次副頭取の両トップ体制が確立して以降、「夢の実現応援隊」をコーポレート・スローガンに掲げ、中小企業・個人分野のリテール事業に注力していた。

若宮が副頭取と会うのは一カ月前の採用面接以来だった。

面接では履歴書と職務経歴書に沿って、入行してからの所属支店、上司となった支店長名、担当した業務、職務上の実績などを詳細に副頭取から尋ねられた。時間もせいぜい一時間くらいかと予想していたのが二時間以上にも及び、若宮は面食らったものだ。

秘書が扉をノックして、「融資部の若宮次長がおいでになりました」と告げた。

「そうか」と声が聞こえた。

若宮は入室し、名を名乗り五秒の間、頭を下げた。

部屋の主は来客用のソファを指さし、「かけたまえ」と告げた。

「失礼いたします」ふたたび若宮は丁寧に頭を下げた。

「当行には慣れたかね」

南条副頭取は優雅な身のこなしで執務机から立ち上がった。長身で、七〇歳を過ぎても姿勢がよく、柔らかな曲線の、たぶんイタリア製の生地の凝ったオーダースーツを着こなしている。面長な輪郭と濃い眉、くっきりした二重瞼の端整な顔立ちをしていた。

秘書がお茶を運んできて、「絵が届いています」と伝えた。

「いい機会だ」と言って、南条は秘書に絵を運ばせた。

「一緒に鑑賞しようじゃないか」

秘書が慣れた手つきで梱包をほどくと、縦四〇センチ横七〇センチほどの絵が現れた。凝った装飾の金の額縁に収められている。どこかで見たような気がした。

「これは…、まさか」

若宮がうわずった声をあげた。本物だとはにわかに信じられない。もう一度、じっくり見てみる。官能的な白い肌が印象的な女性たち。赤、金、鮮やかな色彩と深みのある陰影。

「ティツィアーノでしょうか」

「お見事。イタリアの偉大な画家の一人だ」

南条は満足そうにうなずいた。

「さすがだな。うちの行員でわかる奴なんていない」

「たまたまです」

若宮は謙遜した。

「メガバンクでは美術品信託ビジネスを扱うところも出てきた。君の古巣も熱心に取り組んでいるはずだが」

「はい、支店長たちも美術品の目利き研修を受講させられて苦労しました」

美術品信託の対象は絵画や骨董品、書画である。鑑定から承継、保管、売却などを一貫して手がけるのがサービスの特徴で、美術品を受け継いだ相続人や創業者が蒐集した美術品の保管や売却に困っている企業から委託を受ける。低金利下で貸出部門の利ザヤが伸びない環境下、どこの銀行も手数料獲得のスキーム作りに知恵を絞らなければいけない。富裕層や企業オーナーが相手の美術品信託は高い手数料を稼げるほか、こうした有望層との取引獲得および拡大のきっかけになる。

「もちろん担当は美術に習熟した専門人材ですが、案件のきっかけくらいは支店長たちに拾わせようというのが研修の狙いでした」

「銀行員には専門外の分野だ。苦痛ではなかったかね」

「はい。嫌で仕方がありませんでした」

若宮は正直に言った。

「しかし学ぶにつれて、思いがけず興味を持てました。今ではすっかり魅了されて、週末には美術館に足を運ぶこともあります」

「うーむ、羨ましいな」

南条は腕を組んだ。

「サガミ銀行の支店長たちからは、とても出てこない言葉だよ」

「そのようなことはないかと……」

「いいや、まったくダメだ」

南条は口元をゆがめた。

「あの連中にバンカーとして教養を磨く必要性を理解できる頭はない。そんな研修なんてやったら、全員おやすみタイムだ。幹部行員だって似たり寄ったりときている。地銀競合の横羽根銀行や志津宮銀行と比べても人材の質は目に見えてひどい」

若宮は、そこまで言うか、とあっけにとられた。

「副頭取、私が申し上げるまでもないことですが、当行は横銀や志津銀はもとより、全国の地銀の中でも突出した利益率を計上しています。その点では金融庁や経済マスコミも一目置く存在かと思います。そんな銀行の行員であれば、そのようなことは」

「うちの行員たちは頑張り屋なんだよ。それについては私も誇っている。頭や教養がないからこそ、一途に汗をかいて必死で励んでくれる。だが、一途になり過ぎてもよくない。周りが見えなくなるものだ。結局、勢いが過ぎて不幸につながる。恋愛と同じだな」

そう言って南条は軽く笑った。

「『恋は盲目であり、恋人たちは自分たちが犯すとんでもない愚行に気づかない』という言葉を知っているかね」

「ヴェニスの商人ですね」

「やよい銀行の支店長研修のレベルは侮れんな。ところで君、融資部というものは愚行に気づかない一途な恋人たちに、分別を与えてやる仕事だと思わんかね」

「そうかもしれません」

なるほど代々銀行業を家業としてきただけのことはある。業務の本質は、しっかり押さえている。

南条は満足げにゆっくりと立ち上がった。

「まあ、メガバンクの出世コースを歩んでいた君にとって、地銀の融資の仕事など大して難しくもないだろう。励んでくれ」

†††

融資部とは銀行全体の融資業務を統括する部署である。具体的には融資企画部門、審査部門、管理部門の三つに分かれている。融資企画は融資規程や事務マニュアルを作成したり、商品を設計したり、当局に提出する資料のとりまとめ作業などを行う。審査部門は稟議書の決裁を担っている。つまり支店から上がってくる個別の融資案件を審査するのが主たる仕事である。管理部門は不良債権や倒産先の債権回収や融資がらみの係争案件を担当している。三部門を統括するのが融資部長で、その上に融資担当役員が就く体制となっている。若宮は三部門には所属せず、部長直属の遊軍の立場となった。具体的な業務は支店指導とサポート、そして事故案件、つまり融資先が倒産した案件の事後精査である。

副頭取との面談から三日後、若宮のところへ一つの事故案件の資料が持ち込まれた。会社が倒産すると一週間以内に支店から本店融資部へ融資稟議書や附属資料一式が行内のメール便で送られてくる。資料を融資部で精査し、問題の大きい案件は査定委員会に上程される。仕組みとしては古巣のやよい銀行と同じであった。

今回届いたのは、大規模店の横浜みなとみらい支店の案件である。

若宮は事故案件資料を机の上に広げて、まずは融資実行日と倒産日を確認した。融資から倒産までわずか半年だった。

「日がだいぶ近いな。しかも支店長権限での決裁か」

新規融資をして短期間で倒産するのは審査に問題があったケースが多い。また、銀行では現場の支店長に権限移譲がなされており、融資金額や担保条件によっては融資部に決裁を仰がずに支店長権限での決裁も認められている。裏を返せば取引先と結託した支店長による不正融資も不可能ではない。

不審な点がないか、若宮は慎重に資料に目を通す。

債務者のレコルト社は新規取引先で業種は洋服販売業、いわゆるアパレル業の中小企業だ。半年前に倉庫用地の取得費用一億三〇〇〇万円を融資し、同時にその土地を銀行が担保としていた。その後、商品の取り込み詐欺にあい先週倒産。社長は夜逃げして行方不明。

決算内容は、数字だけ見れば中小企業としてはまずまずといったところか。税務申告書や決算書のコピーも添付されていたが、今どきは銀行から融資を引き出すために書類を偽造するなど容易なことだ。

「おや？」

倉庫用地の不動産売買契約書の写しにある取引価格のところで若宮の目がとまった。当該地の場所を地図で確かめる。

「佐々山さん、横浜市中区石川町六丁目の公示価格を調べてもらえるかな」

「わかりました」

佐々山は入行五年目の若手行員である。融資部長の大仏様が若宮一人では何かと不便であろうと気遣い、部下として配置した。

佐々山から報告された公示価格は平米当たり約六〇万円であった。倉庫用地の面積は一七〇平米であるから価格は一億円程度が妥当と考えられる。しかし売買契約書の金額は一億三〇〇〇万円と記されている。相場と比較して三割ほど高かった。売買契約書を二重に作ったか、もしくは偽造が行われたかもしれなかった。実際に売主に支払われた金額はいくらなのか。不動産取引が行われた融資実行日の資金の流れを確認する必要がある。

「融資した日の取引明細データを出してくれないか」

佐々山はすぐに端末に向かい、データをプリントアウトした。

「一億円は不動産の売主の銀行口座に振り込んでいたのに、残りの三〇〇〇万円は現金で引き出しています」

「ますます、あやしいな」

若宮はしばらく考えてから、佐々山に言った。

「まずはレコルト社の所在地だった場所に行ってみよう」

倒産したレコルト社の所在地は横浜市中区花咲町となっていた。本店最寄りのJR大船駅から京浜東北線に乗り、三〇分弱で桜木町駅で降りる。西口に出て音楽通りを一本入った路地沿いの古い五階建ての雑居ビルにたどりついた。

「このビルの三階ですね」

佐々山が資料を確認した。

「でも、おかしいですね。ビルの案内板は別の会社名になっていますよ。もう別の会社が入居したのかな。それにしては早いですよね」

「とりあえず三階に行ってみよう」

エレベーターを降りると、オフィスの扉に「ドリーム広告企画」と記されているのが目に入った。ちょうど人が出てきたので、若宮は声をかけた。

「ここはレコルトさんのオフィスではないですか」

「いいえ、ドリーム広告企画ですよ」と相手は答えた。

「おかしいなあ。ここだって聞いてきたんですけど」

「何かの間違いじゃないですか」

「御社は最近、このビルに入居されたのですか」

相手は不思議そうな顔をした。

「うちはもうここで一〇年以上やっているし、そんな会社は聞いたこともないですね」

「一〇年以上ですか」

若宮は礼を言って、佐々山とエレベーターに乗り込んだ。

「五階を押してくれ」と若宮は伝えた。念のため、上から全部のテナントにたずねてまわってみた。

「誰もレコルト社を知らなかったですね」

半ばそうなることを予想していた。

「事故案件資料にレコルト社の登記事項証明書があったんだが、融資の二カ月前に代表者が変わっていて、それと同時に所在地も東京都内からここへ変更されていた」

「何か意味があるんですか。同時の変更に」と佐々山はもどかしそうに訊いた。

「休眠会社を買って使ったんだろうな」

よくある手口といえる。新たな代表者と支店長はつながっていたのだろう。わかりやすくいうと〝グル〟だ。所在地が都内では不自然なので、横浜みなとみらい支店の営業区域内に形だけ住所変更したというところか。

「じゃあ次は、購入した不動産の場所にも行ってみよう」

二人は桜木町駅に戻り、来たときとは逆の京浜東北線の下り電車に乗った。目的地の石川町駅には五分とかからずに着いた。

「えーっと、場所は横浜市中区石川町六丁目ですから…」。佐々山はスマートフォンで地図アプリを開いた。「ここから歩いて一〇分くらいです」

「まあまあ近いな」

二人は南口を出て歩きだした。しばらく平坦な道が続いて、やがて交差点を曲がったところから急な上り坂になった。

「横浜は坂が多いね」

若宮は額の汗をぬぐった。

「起伏に富んだ地形ですからね。ジェットコースター並みの急坂もあったりしますよ」

「住んだら大変じゃないのかな」

「でも、眺望や日当たりはその分いいです」と佐々山は笑った。「次の信号機を右に曲がったらすぐのようです」

空き地は存在していた。

「法地《のりち》じゃないか」

若宮は絶句した。こんな斜めになった土地では、多額の金をかけて造成でもしない限り倉庫など建たない。一億円どころか、そもそも担保としての価値が見込めない物件だ。

「次はどうするんですか」と写真を撮りながら佐々山がたずねた。

「今日の調査は終わりだ。本店に戻ろう」

「みなとみらい支店で支店長に話を聞かなくていいんですか」

「まあ、無駄だからね」

この件はレコルト社と銀行の支店長が組んだ不正融資だと確信した。売買契約書は偽造されたわけでなく、土地の売主もレコルト社とグルだったと考えるのが妥当だろう。二束三文の土地を売って一億円を手にしたということだ。売主は一般社会の人物ではないのかもしれない。支店長はその人物に何か弱みでも握られていたのか、それとも支店長自ら積極的に関与したのか。融資の総額一億三〇〇〇万円のうち現金で引き出された三〇〇〇万円は協力者たちへのキックバックで、支店長のふところにも入った可能性が高い。おそらくレコルト社の社長と折半か。

「もし支店長がからんでいたら真実は言わないだろうし、理論武装もしていると考えられる。夜逃げした社長からは何も聞くことができない。まあ、外形的に事実関係がわかれば報告書は書けるよ」

「よかった、みなとみらい支店に行かなくていいんだ」と佐々山はほっとした表情をした。

「避けたい理由でもあるのかい」

「支店長の尾風さんは朝岡グループなんですよ」

「朝岡グループ?」

「営業推進部長の朝岡さんの一派です」と、周りに誰もいないのに佐々山は声をひそめた。「若宮次長はうちの銀行に転職したばかりでご存じないでしょうが、朝岡グループは当行の一大勢力なんです」

「朝岡部長は役員でもないはずだが」

「そうですが……」と佐々山は口ごもった。

「とにかく、尾風支店長と直接対決するのはおすすめできません」

「それは大丈夫だ」

若宮は笑顔を浮かべた。佐々山がなぜそんなに心配するのかわからなかったが、安心させてやらなくてはいけない。

「この案件は頭取を委員長とする査定委員会にかかり、役員や部長が支店長に話を聞くことになる。責任を厳しく追及されるはずだ」

†††

「レコルト社との取引のきっかけはどのような経緯かね」

若宮が作成した『査定委員会資料』と題したレポートをめくり、融資担当常務が横浜みなとみらい支店の尾風幸一支店長に尋ねた。

「そもそものきっかけは、当該社長が来訪し、当店に融資の相談がございました。当該社長は数カ月前に前社長から会社を譲り受け、それをきっかけに家賃の高い都内から物流にも有利な横浜に拠点を移す予定である。横浜にオフィスを構え、さらに近くに倉庫用の土地を購入したい。土地の所有者が売却を急いでいるので購入資金を早急に融資して欲しいとの申し出でございました。慎重に審査を行った結果、申し出に応じたという次第です」と答えた。

常務が質問を続ける。

「会社の所在地の件はどういうことかね。届出住所に会社がなかったとのことだが」

「会社の住所に関しては、すぐに横浜のあのビルに会社を移転する予定で先に登記を移した、と聞いておりました。しかしながら移転前に取り込み詐欺にあって社内が混乱し、移転は実現しなかったというわけです。彼も社長になり、目先の売上が欲しくて詐欺に引っかかってしまったのでしょう。社長としての資質を見抜けなかった私の力不足です」

苦しい説明だが一応、ぎりぎり筋は通っている。

「資料に関してはどうでしょう。決算書類や土地の売買契約書に偽造の気配はなかったのですか」と融資部長がたずねた。

「新たな取引先でしたので、私も念には念を入れ各種書類の原本も確認いたしましたが、偽造は一切ございませんでした」と、よどみなく答える。

融資担当常務が尾風を見て言った。

「資料によると、外形的に支店長とレコルト社の社長の共謀も疑われる、とあるが……」

「誰がそんなことを。まったく身に覚えがございません。私が日頃、支店を託された者として粉骨砕身、当行のため、頭取、副頭取のために業務に励んでいることについては、委員会の皆さまもよくご存じでいらっしゃると思います」

「そのとおりだ」と、野太い声が会議室に響いた。

「なにせ尾風支店長は、振り込め詐欺を未然に防いで警察署から感謝状を贈呈されているんだからな」

営業推進部長の朝岡勇雄だった。五十代半ば、背はさほど高くないが、筋骨のしっかりした体型をしている。高校時代はレスリング部に所属していたのが自慢である。エラの張った大きな顔のわりに目が小さく、猪首に窮屈そうにネクタイを締めていつも派手なピンク色のシャツを着ていた。そしてなぜか、彼はこの場に参加している。融資事故に関する査定委員会に営業推進の部長が出席するなど、本来あってはならない。

委員会資料の表紙には委員会のメンバーが記載されている。頭取、副頭取、人事担当の専務取締役、人事部長、融資担当の常務取締役、融資部長、そして若宮である。朝岡の名前はない。

朝岡営業推進部長は会議開始の直前に入室し、「私はいつもどおりオブザーバーという形で」と、空いていた席にさっさと腰を落ち着けてしまった。そのようなふるまいを誰もとがめず、副頭取すら眉をひそめる程度ですませた。

委員長の頭取は欠席していた。母校の大学の臨時理事会に出席する旨を秘書が告げたとき、若宮はかなり驚いた。「そうですか」と副頭取は素っ気なく言った。頭取は若宮と同じ大学出身で、有力なOBだとは知っていたものの、不正が疑われる支店長の査定委員会より大学のOB活動を優先するのか。

委員長代理の副頭取が人事担当専務と人事部長に質問の有無をたずねた。

「ございません」と両者が答える。若宮は胸の中で舌打ちをした。表面的な質問ばかりで核心に触れていないじゃないか。ここの査定委員会は形骸化しているのか。

「では念のため」

副頭取は末席にいる若宮に目を向けた。

「融資部次長は？」

「質問を希望いたします」

「では、どうぞ」

若宮は軽く会釈をしてからはじめた。

「本件の融資対象物件かつ担保物件である不動産は、近隣相場よりも高めの取引価格となっております。さらに私が実地調査したところ法地であることが判明し、その経済的価値は……」

「その点は大いに反省しております」と、尾風支店長は若宮の質問をさえぎった。白々しくも両のこぶしをひざの上で固く握りしめうつむいている。きっと練習してきたのだろう。若宮は無視して続けた。

「不動産の経済的価値を大幅に上回る融資は……」

「たしかに」とまたも尾風は質問をさえぎり、顔をあげて若宮をにらみつけた。

「私はレコルト側から提出された資料だけを見て判断してしまった。特に先方提出の不動産鑑定評価書を鵜呑みにしてしまいました。現地を訪れて、しっかりこの目で確認しなかったことが悔やまれてなりません。しかし、他行との厳しい競争に打ち勝っていくためにはスピード感が欠かせません。現場である支店では業績伸長のため数多くの案件を抱え、その担保不動産の一つ一つを実地調査できているわけでないことは、査定委員の皆さまもご存じだと思います。取引先から提出された資料に明らかな問題が見られなければ、融資の実行に踏み切ってしまうのが現状です」

自分の責任を不正融資ではなく、支店から車で一〇分ほどの場所にある不動産の現地確認を怠って融資した責任に矮小化するつもりか。しかも他行競争と業績伸長、業務多忙を理由にして。

「はっきり申し上げます」若宮は意を決した。

「これは不正融資によくあるスキームです。あなたはレコルト社の社長や不動産の所有者と組んで、銀行のカネを引っ張ったんじゃないですか。そのカネの一部は、あなたのふところに…」

「そんなの証拠があるのか」

しばらく黙っていた朝岡が大声をあげた。

「尾風くんを侮辱するんじゃない」

「しかし、状況が物語っています」

「すべてお前の憶測じゃないか。そこまで言うなら証拠があるんだろう。今すぐ確たる証拠を出せ。不正融資をして、尾風君がカネを受け取ったという証拠だ」

「証拠は…」若宮は口ごもった。調べたことを言うべきか。若宮は金遣いの荒い尾風のプライベートも調べていた。しかし、それも状況証拠の域を出ない。

「出せないんだな。証拠もなしに尾風くんを犯罪者扱いか。彼は当行で二十数年、頭取、副頭取のために身を粉にして働いてきたんだ。昨日今日、当行に拾われたお前につべこべ言われる筋合いはない。ましてや証拠もなく犯罪者扱いするとは何事だ。尾風に謝れ。土下座しろ」

朝岡は椅子から立ち上がって、若宮の前の机を激しく叩いた。

「もう一度だけ聞く。証拠はあるのか。出してみろ」

「……」

若宮は爪がくい込むほどこぶしを握った。耳まで真っ赤になっているのが自分でもわかった。

「証拠はないんだな」

朝岡は力まかせに若宮の腕をひっぱりあげて立たせた。

「じゃあ、尾風に土下座しろ」

「まあ、今日はこのくらいにしておきましょう」

副頭取が淡々とした口調で言った。

「新規融資をしてから短期間で倒産。しかも実損も出ている。自らも認めているように、そこには尾風支店長の落ち度もあるようだ。しばらく人事部付ということでどうかね」

人事部長が頭を下げた。

「承知いたしました」

尾風支店長が立ち上がって深く一礼した。

「このたびの件は誠に申し訳ございませんでした。発生した損失はこの尾風幸一、必ずや銀行にお返しいたします」

「ますます励みなさい」と副頭取は席を立った。

完敗だった。不正調査の限界と自分の甘さを痛感した。副頭取にはどう映ったのか。

片や収穫は、朝岡グループは自己の利益のためなら小賢しい悪知恵が働くのと、大げさな演技が好きなのと、そしてこの銀行は声の大きい人間の道理がまかり通ることがわかったことだった。

†††

完勝の査定委員会が終わり、横浜中華街で「朝岡会」が開かれた。朝岡会のメンバーは朝岡に傾倒し、自分たちこそがサガミ銀行の収益を支えていると自負している面々である。その晩は筆頭格の尾風に加え、朝岡が特に目を掛けている支店長数名を引き連れ北京ダックを楽しんだ。腹を満たした後の二次会は関内のスナックというのがお決まりのコースである。

「いつも御贔屓にありがとうございます」

ママが一行を迎え入れ、ささどうぞと奥のボックス席に案内した。

「ママ、今日は祝勝会だ」と朝岡が上機嫌で言った。

「あら、何に勝ったのかしら」

「ちょっとしたゲームでな。負けた相手は顔を真っ赤にして悔しそうにしていたぞ」

ママは軽い世辞を言いながら人数分の水割りを作り、テーブルにお手製のラムレーズンを置いた。

「ごゆっくりどうぞ」

ママがさがったところで、「オヤジ、本日は本当にありがとうございました」と尾風がテーブルに仰々しく両手をつき、おしぼりで顔を拭いている朝岡に深く頭を下げた。

「うん」

朝岡はゆっくりと水割りに口をつけた。「しかしな、いくらなんでも半年で倒産はまずいだろ。せめて一年はもたせろよ」

「誠に申し訳ありません。レコルトの社長が東京平和銀行と揉めまして、フィリピンに高飛びしてしまったものですから」

「東京平和か。あそこもウチと同じでアグレッシブだからな」

「それにしても、あの若宮っていう新参者には腹が立ってしかたがない」

尾風は憤りがおさまらない。

「やよい銀行では刃傷沙汰を起こしたらしいですよ」と別の支店長が言った。

「ふん」と朝岡は鼻で笑った。「うちの銀行に拾ってもらって、手柄を立てたくてやっきになっているんだろう」

「秘書室によると、副頭取が目をかけているようです」

多くの銀行が人材のプロパー主義を堅持する中、サガミ銀行は副頭取の意向で早くから中途採用を積極的に行ってきた。その前職は、銀行員はもとより証券、保険、カード会社などの金融系、ITエンジニア、不動産営業、百貨店販売、広告代理店など多岐にわたっていた。エンジニア、広告などの一部の専門職を除き、大多数は最前線の営業現場である支店に配属され、営業職に従事する。採用後いきなり融資部次長という要職への登用は前例がなく、朝岡も気になるところであった。副頭取は何を考えているのか。若宮に何をさせるつもりなのか。我々のブレーキ役としようとしているのか。今日の査定委員会だけではその真意は測りかねた。」

「若宮は御田《おんだ》学舎大学の出身だと聞いています。と別の支店長が付け加える。

「頭取と同じか」

「けっ、エリートかよ」と尾風が吐き捨てるように言う。

「ふうむ」

朝岡は腕を組んだ。

「まあ、一人じゃ何もできんさ」

その後、各人の〝オヤジ〟への忠誠心を示す言葉が続いたあと、尾風は頃合いを見計らって尋ねた。

「ところで、私の処遇はどうなるのでしょうか」

「まあ、三カ月もしたら現場に戻してやる」と朝岡が胸をたたいた。

「渋谷支店なんかどうだ」

「渋谷ですか」

尾風は目を輝かせた。渋谷支店は横浜みなとみらい支店よりもさらに格上である。

「人事には俺がいつもどおり言っておく。三カ月間、ゆっくり英気を養ってくれ」

「ありがとうございます」

尾風はふたたびテーブルに両手をついて頭を下げた。

「後任は誰になりますか」

「澤部にやってもらう」

朝岡はテーブルのすみに座っている参加者で唯一、気の弱そうなメガネの男に声をかけた。

「次の、みなとみらいの支店長はお前だ」

「私でよろしいんでしょうか」

驚いて顔をあげる。

「お前は修平大学の後輩だからな。次は大きな店の支店長に就かせてやる」

「光栄です」

澤部治は緊張した表情で頭を下げた。

「だがな、今のままのお前じゃダメだぞ。はっきり言うと、お前のやり方はぬるい」

朝岡はじろりと睨んで、一同を見回した。

「尾風、お前は今まで何人の部下を潰してきた」

「二三人です」

誇らしげに答える。

隣の支店長に聞く。

「お前は何人だ」

「私は一五人です」

「よし、お前は」

「一八人です」

それぞれたずねて、最後に澤部に「お前は」ときいた。

「いません」

「それがダメなんだ」

朝岡は乱暴にグラスをテーブルに置いた。

「部下を潰すくらい追い込まないと、営業の数字なんか上げられるはずがないだろうが」

澤部以外の一同が大きく頷く。

「潰した部下の人数が上司の勲章ってもんだ。わかったか」

グラスにあふれそうなくらいウィスキーを注いで、澤部の前に突き出す。

「ほら、全部飲め。くれぐれも俺の顔に泥を塗るんじゃないぞ」

「かしこまりました」

澤部は言われるままにウィスキーを一気に飲み込んだ。たちまち喉と胃が焼けて悲鳴をあげた。

†††

「本当にこのままでいいのでしょうか」

あれから数日間、若宮は過去の事故案件についても詳しく調べてみた。すると、尾風支店長に関しての疑惑がいくつも浮上した。

「もう少し、調査をすすめたいのですが」

「それには及ばないよ」

「しかし…」

「どうせ証拠なんて出てこないさ」

副頭取はソファから立ち上がり、窓のほうへ歩いていく。

「夕暮れの富士山と相模湾を眺めるのが日課でね」

退くタイミングということだ。

「失礼いたします」若宮はドアのところで深く頭を下げた。

副頭取は振り返って、「調査記録だけはしっかりつけておくように」と念を押した。

南条慶次はまたすぐに窓の外へ目をやり、陽が沈んでいくのをじっと眺めた。空は黄、赤、紫、青の美しいグラデーションを繰り広げて、やがて暗い闇が波間をおおった。

慶次は腕時計に目をやった。

「もう、そろそろか」

ノックもなしにドアが開いた。

「どうぞ」と言って、入室者をソファに案内した。

「いつも時間には正確ですね。兄さん」

「太陽王と同じだ」と南条慶一郎は笑った。フランスの絶対君主だったルイ十四世と自分を重ねるのが兄らしかった。

「コニャックでも飲みますか」

「ああ、もらおう。今日は特に気分がいいからな」

グラスを用意して、慶次はコニャックを注ぎながら兄に聞いた。

「大学の御田会《おんだ》はどうでしたか」

「まあ、次期会長選に向けていろいろと工作ができたよ」

御田学舎大学の同窓会組織である御田会の会長ポスト就任は南条慶一郎の悲願である。

「日本の政財界は御田学舎大学人脈があらゆる分野で影響力を持っている。御田会はまさに日本を動かしているといっても過言じゃない」

「兄さんは今、その御田会の副会長です」

「まあな」

慶一郎はかすかに笑って、すぐに不機嫌な顔になった。「だが、副会長の肩書の持ち主は三〇人近くもいる」

「厳密には二八人と記憶しています」

「お前は昔から数字に強いな」と兄は笑った。

「会長は一人です」

慶一郎はしばらく黙って弟をみつめた。

「実は、地銀頭取御田会を発足するつもりだ」

「兄さんが発起人を?」

「ああ。地銀の頭取は御田学舎大学出身者がほぼ二割を占めている。その中にはサガミ銀行より格上の銀行がいくつもある」

「なるほど」と慶次はうなずいた。

「地銀頭取御田会のトップに就いて、兄さんは地銀のドンになるおつもりですね」

「御田会会長への一手だ」

慶一郎はコニャックを一気に飲み干した。

「地銀だけでなくメガでさえ収益がぱっとしない状況で、お前のおかげで、うちの銀行だけが広域化とリテール戦略が功を奏して好調だ。財務基盤もしっかりしている。おかげで金融庁やマスコミの評価が高く、私の評判も上々だ。そんな今こそ、会を発足させる好機だ」

「すでに打診されたんですね」

慶次は兄のグラスにコニャックを注いでやった。

「来月にはマスコミ発表できる」

「おめでとうございます」

弟がグラスを掲げても、慶一郎はそうしなかった。

「椅子は一つ、競争相手たちは手強い。上場企業社長の出身大学別ランキングの一位は御田学舎大学だということを忘れるな。いずれにしてもサガミ銀行の収益をさらに伸ばして評価を上げないことにはレースには勝てん。銀行の経営はお前に任せているから頼んだぞ」

「私のほうは大丈夫です」と慶次は答えた。「兄さんこそ、必ず会長に就いてください」

「そうなれば……」

慶一郎は窓辺に立った。海は夜に吸い込まれてしまっている。

「慶也も私の許にきてくれるだろうか」

弟はその兄の願いが叶うことはないと思いながらも肯定した。

「もちろんですとも。そのときは慶春もここにきて、慶也さんを支えます」

慶一郎は暗い海を見つめたまま呟いた。

「お前たち親子が羨ましい」

一瞬の沈黙が流れた。慶一郎は振り返り、ところで、と話題を変えた。

「お前の大学のOB会はどうなんだ。理事長とはいわないが理事くらい狙う気はないのか」

慶次は国立大学の日本商科大学の卒業生である。御田学舎大学のような私立のマンモス大学とは違い少人数大学であるが、その分、卒業生の結束の強いことで経済界では知られている。

「同窓生との付き合いは大事にしていますが、私に表舞台は似合いませんよ。私はこの銀行で兄さんを支えることに集中します」

「そうだな。それでこそ南条家の次男だ」

満足そうに頷く兄を弟は黙って見つめていた。

†††

「本日の午前中、月初めの頭取巡回があります」と朝礼の最後に司会の若手行員が告げた。

「やよい銀行でも、頭取巡回はあったのですか」と融資部長の大仏様が若宮に声をかけてきた。

「はい、ございました」

古巣では年に一回だけ年末の最終営業日の夕方に実施された。頭取が本店の各部を回り、役員以下の行員たちに訓示を与える。

「銀行によって作法の違いが多少はあるでしょうから、確認しておいてください」

「かしこまりました」と若宮は礼をした。

「それと、サガミでは毎月ですよ」と大仏様はつけ加えた。

早速、佐々山を呼んだ。

「やよい銀行では、頭取がフロアにお越しになったら、行員たちはどうしていたんですか」

「席で起立して、頭取がフロア奥の担当役員席の前に到着するのを待っていたよ。そのあと、頭取が訓示を行うから、みんな前に移動して頭取を囲む形で話を聞いたり、メモを取ったりしたな」

「サガミ銀行では、基本、一般行員は動いてはダメです。起立するのは一緒ですが、頭取と目を合わせてはいけません」

「なぜ？」

「恐れ多いからです」

佐々山はまじめな顔で言う。

「頭取が退出するまで三〇度の角度のお辞儀を続けるのがルールで、新人研修の頃から厳しく躾けられます」

若宮は驚きが表情に出ないように努めた。まるで大名行列じゃないか。顧客第一主義を謳いながら顧客に無関心なメガバンクのサラリーマン頭取も褒められたものではないが、こちらのオーナー頭取は行員を領民扱いか。

「お辞儀をしっぱなしならメモはどうすればいいのかな」

「必要ないと思いますよ」と佐々山は言った。

「頭取は行員には何もおっしゃらないし、役員にお声がけなさる程度です」

頭取と副頭取は、行員に対するスタンスがだいぶ違うようである。副頭取は時おり部下を部屋に出入りさせて話をしている。

「頭取は南条家の二〇代当主でもいらっしゃるから、雲の上の存在ですよ」と佐々山は笑った。

南条家およびサガミ銀行は、古くから文化、芸術、教育、スポーツなど地域の振興活動にも積極的に関与してきた。佐々山がいうには、地元では子供の頃から南条家の歴史の話を教わるらしい。

ちょうど一〇時になり、「頭取がお見えになりました」の声を合図にフロアの全員が一斉に立ち上がり、三〇度の角度に頭を下げた。顔を上げるのはご法度だと佐々山から念を押されている。まったく馬鹿げた話であるが、ほんの二、三分のことであるし、どこの会社でも首をかしげたくなる作法は多かれ少なかれ存在するものだ。

若宮は耳をすました。静まり返ったフロアの上を、数名がゆっくりとした足取りで通り過ぎていく気配がする。

「大沢くん」

南条慶一郎頭取が融資担当の常務に声をかけた。

「今月もよろしく頼む」

全員が「かしこまりました」と大声で応じる。これがサガミ銀行流である。

通常はこれで終わる。ところが想定外のできごとが起こった。頭取が会話を続けたのだ。

「やよい銀行からきた次長というのは誰だね」

「彼です」

常務は若宮のほうを手で示した。フロアにいた全員が若宮の席に近づく頭取の姿を、体勢はそのままで目だけ動かし凝視した。

「私は若い頃、やよい銀行の前身の安藤銀行で修業したんだ」

「はい。存じ上げております」

そのことは当然調べてあった。若宮自身も安藤銀行に入行していた。

頭取はなおも続けた。

「慶次から聞いたが、君は舎人《しゃじん》らしいな」

御田学舎大学の学生やOBは自分たちのことを舎人と呼ぶ。

「はい。経済学部、平成七年卒です」

「期待している」

頭取は三〇度の角度を保ったままの若宮の肩を軽く叩くと、ゆっくりとした足取りで融資部を退出していった。

このニュースはたちまち行内に流れた。ランチ時の食堂で「おいおい、次の融資部長はもしかして」「さすがにそれは―」「わからんぞ」「将来の頭取候補かも」と小声で話しているのがいやが応でも耳に入ってくる。わざわざ融資部をのぞいて若宮の顔を見ていく行員もいた。さすがにびっくりしつつ、悪い気はしなかった。

サガミ銀行にも御田学舎大OBは一〇名ほど在籍している。大名行列の顚末を聞きつけたのか、早速週末の金曜夜に大学のOB有志が主催して若宮の歓迎会を催してくれた。

「サガミ舎人、希望の星です」などと持ち上げられ、杯を重ね談笑した。

自称事情通が、頭取は御田会の次期会長の座を狙っているらしいと訳知り顔で教えてくれた。やはり頭取は人一倍愛校心が強いらしい。きっと後輩も可愛いはずだ。しかも頭取が若き頃在籍したやよい銀行出身となれば、若宮自身が成果を出せばこの銀行で上に登る目も出てくる。

††††

週末、若宮は千葉市内の家族が暮らすマンションに帰ることにしている。妻の加代はバスルームの前にタオルを用意しながら、夫が湯船で「御田賛歌」を歌っているのを聞いて肩をすくめた。加代は大学時代の一つ下の後輩だった。

風呂から上がった若宮に加代がビールを注ぎながら尋ねた。

「大学の応援歌なんて、今さらどうしたの」

「俺、近頃、もしかしたら転職も悪いことじゃなかったって気がするんだ」

「美咲と離れるのをあんなに嫌がっていたのに」

「お前ともな」とつけ加える。

「はい、はい。でも突然どうしたの？　理由を教えてよ」

「うん。やよい銀行のときは、東大や京大、阪大、それに有名私立出身者が山ほどいたから、自分は頑張ってもせいぜい役員どまりだと思っていた。だけどサガミ銀行ならオーナーに気に入られたら役員どころか頭取も夢じゃない。なにせ南条頭取も舎人なんだ」

「創業家の後継ぎはいないの」

若宮はこの一週間で耳に入ってきた情報を妻に話した。

「頭取も副頭取も娘さんだけなんだ」

「お婿さんは銀行にいないの？」

「頭取の二人の娘さんは、一人は若くして事故でなくなった。もう一人の娘さんは大学を出たあとにヨーロッパに海外留学してそこで相手を見つけて国際結婚してしまったそうだ。それ以来フランス暮らしで日本へはほとんど戻らないらしい。副頭取の娘さんは画家と結婚していて銀行経営にはまったく興味がない」

　妻は思案顔で尋ねた。

「南条家の中で分家筋とかから、男子を養子に取ることもしていないの」

「それもない。後継ぎ前提で養子を取っていたらすでに銀行に入れているはずだろ」

「じゃあ、どこかに別れた奥さんとの子供とか、隠し子でもいるんじゃないの」

　確かに長い歴史があり、代々銀行業を営んできた家系で家業を継ぐ候補者がまったくいないのも不自然だ。

「まあ、自分が頭取なんて夢みたいなこと言ってないで、早く食べてちょうだい」

「女は夢がないなあ」と若宮はぼやく。

「本当に後継ぎがいないのなら、あなたの他にもとっくに夢見ている人がいるわよ。今さらレースに参加したって遅いわね」

第二章　サガミ銀行　横浜みなとみらい支店

「あなた、横浜みなとみらい支店の支店長なんてすごいわね」

無邪気に喜ぶ妻、京子とは対照的に澤部は憂鬱だった。今日、「横浜みなとみらい支店の支店長を命ず」という辞令を受け取り、来週から着任の運びとなっている。

「俺に務まるかな。今の支店はのんびりとした住宅地の店舗だったから俺でも何とか支店長ができたけど、みなとみらいはたくさんの金融機関が出ている激戦地なんだ」

「なに言ってんのよ。せっかく朝岡さんがチャンスをくれたんだから、頑張ってよ。これから子供たちにもっとお金がかかるんだから」

澤部家には二人の子供がいた。中学三年生の娘と小学校六年生の息子である。娘は来年、高校受験を控えている。

「星奈を絶対に横浜山手女学院に入れるんだから」

去年、京子の姉の娘が神奈川ソフィア女子高校に入学した。姉の夫は開業医の跡取りである。対抗心を燃やした京子はライバル校に娘を入学させようと躍起になっている。

「高志にだって、本格的にサッカーをやらせたいし」

姉の息子は少年野球で全国大会に出場していた。

「サッカーのコーチがね、高志は茅ヶ崎オールスターズのジュニアユースの試験に絶対に受かるっていうの。そのためには練習試合や遠征にたくさん参加する必要があるのよ」

「今だって十分に参加しているだろう」

「足りないわよ」

澤部はため息をついた。子供たちの可能性はいくらだって伸ばしてやりたい。しかし、練習試合や遠征の費用は決して安くない。一回に三万円かかることもある。合宿に一〇万円もざらである。ユニフォームや練習着、ベンチコート、スパイクだって高価だ。酷暑の練習時の氷代だって毎回それなりの金額を負担しないといけない。娘の塾代もかかる。家のローンも支払わなくてはならない。ましてや私立の名門女子高校なんて背伸びが過ぎるというものだ。

「これで満足しないで、子供たちのためにもっと出世してね」

「そうだな」と返事をしたものの、本当にみなとみらい支店の支店長が務まるのか不安なままだ。あと一週間か。澤部はカレンダーを見つめた。学校やクラブ、塾、ＰＴＡなど娘や息子のスケジュールが一面に記されている。

「あれ、京子、次の日曜日に同窓会に行くのか」

「前に言ったわ」と妻はあきれ顔で言った。「まさかダメなんて言わないでしょうね」

「言わないよ」

「ああ、よかった」

「服、買わなくていいのかい」

「星奈の中学校の入学式で着たワンピースを着ていくつもりよ」

子供と夫を優先して、妻がしばらく自分の服を買っていないことに澤部は気づいていた。髪をいつも後ろで束ねているが、節約のためなるべく美容院に行かないためのヘアスタイルだ。最近は娘の入学金を貯めるのだと、週二回、パートで働き始めている。

「土曜日、服を買いに行こうか」と澤部が言った。

「いいよ。もったいない」

「俺を見損なうなよ」と澤部は胸を叩いてみせた。「銀行の大規模店の支店長になったんだ、服の一枚や二枚、三枚だって平気さ」

「本当に？　大丈夫？」

「美容院にも行ってこい」

「ありがとう」

娘の星奈がリビングに入ってきて声をあげた。

「ママ、泣くなんてどうしたの。パパがひどいことしたんでしょ」

息子まで駆けつけて大騒ぎになった。

「パパ、すごい」と言ってくれた子供たちとスマートフォンで記念写真を撮りながら、澤部は決心した。

「明日、あの人に会いに行こう」


翌日、澤部は本店の会議室にいた。

「待たせてすまない」と尾風がドアを開いて会議室に入ってきた。

「こちらこそ、お忙しいところ申し訳ありません」と澤部は頭を下げた。

「いやいや、仕事がなくて暇でなあ。まあ、この機会に本店や支店の旧知の仲の奴らとじっくり話をしているところだよ」

旧知の仲というのは朝岡の子飼いの行員、朝岡会の面々である。

「行内の業績トップランクの店は朝岡会の支店長ばかりです」

「みんな、若い頃からオヤジにみっちり仕込まれたからな」

ハンパなかったよ、と尾風は笑った。

「私は、残念ながら朝岡部長に仕える機会がありませんでした」

「それでもオヤジの大学の後輩だからって目を掛けてもらってるんだ、感謝しろよ。みなとみらいで実績を上げてご恩を返すんだ」

「それはもう。ただどうしても……」

「なんだ、自信がないのか」

「はい。しかし、私はオヤジさんの期待に応えたいのです」

やにわに澤部は立ち上がり、床に頭をこすりつけて平伏した。

「どうか私を助けてください」

「覚悟はあるんだろうな」と尾風は厳しい表情になった。「部下を潰してでも営業目標を達成する覚悟を持っていなければ、やり方を教えても意味がない」

「覚悟しております」

澤部は頭を床につけたまま言った。

「どうか、私を男にしてください」

尾風が満足気にうなずいた。

「その言葉を待っていたんだ。あの祝勝会のあと、オヤジからお前の面倒を見てやってくれって言われてな。じゃ、すぐに始めよう」

澤部を立たせて、尾風はテーブルを挟んでその前に座った。上着を脱ぎ、ワイシャツの両方の袖のボタンをはずし、一回まくり上げた。

「部下指導はロールプレイングで覚えるのが早い。お前が行員役で、私が支店長役だ。まずは『雪隠詰め』のスキルだ」

「雪隠詰め？」

「将棋で、王将を盤のすみに追いこんで詰める攻め方のことだ」

澤部はスマートフォンで検索して調べてみろと言われた。転じて、相手を逃げられない状況にまで追い込む意味だと説明されている。

「成績の出せない部下ほど言い訳が達者だ。だから、それをすべて封じて『やるしかない』と思わせる。『死ぬ気でやります』と本心で自分から言わせる。追い込んでこそ、部下も危機感を持って行動するようになる」

澤部はうなずく。しかし、『死ぬ気でやります』と本心で自分から言わせるなどできるのだろうか。

「よし、始めよう」

尾風は一転不機嫌そうな表情になった。

「現状の君の数字、どう思う？」

「はい、あの、すみません」

「すみませんじゃねえよ」

そう言って、尾風は机をバンと叩いた。

澤部は反射的に体をすくめて、あわてて頭を下げた。

「申し訳ありません」

「悪いと思っているんだったら数字上げろよ。これじゃあ、月末までにノルマ達成できないじゃないか」

「すみません」

「お前は『すみませんロボット』か？　それとも、すみません、すみませんって頭を下げてりゃ数字が取れるのかよ。どっかで習った新しい営業スタイルなのか」

「…すみません」

「お前、とりあえず謝罪の言葉だけ言っておいて今を乗り切ろうって魂胆だろう。本当にあさましい奴だな」

〝あさましい〟に力がこもっていた。

「私は、そんなつもりでは…」

「だったら、どんなつもりなんだよ」と、尾風は手にしたファイルを激しく机に叩きつけた。「どうやって数字上げるつもりか説明してみろ」

「見込み客にあたる数を増やします」

「つまりお前には余力があると。今まで手を抜いていたというわけだ。やっと本音を吐いたな」

「いいえ」

追い詰められていく澤部は懸命に首をふった。「私なりに精一杯回りました」

「それでこの結果かよ、だったら何件回っても一緒じゃないか」

尾風は怒りの形相になった。

「お前、俺のことバカにしてるのか。バカにしてるんだろうが」

「すみません、すみません、すみま…」

「その言葉は聞き飽きた、この給料どろぼう。業績が上がらないということは自らの果たすべき責務を全うできていないんだ。恥を知れっ」

尾風は立ち上がり澤部の後ろに回った。両手を澤部の肩に置き、声色を変える。

「だけど、俺もお前を責めているだけじゃ上司としてダメだな。何でお前が数字を取れないのか教えてやろうか」

「……はい」

「単純な話なんだ。お前が客にハンコを押させられないからだ。お前、客に遠慮してるだろ。だからダメなんだ。何でもいいから客にハンコを押させるんだ。過程は問わない。結果がすべてだ。結果、ハンコを押させればいいんだ」

「はい」

尾風は澤部の顔を覗き込む。

「本当にわかったのか」

「はい」

「じゃあ、今俺が言ったことを繰り返して言ってみろ」

思わぬ要求に頭が混乱した。

「えーと、ハ、ハンコ……」

「ほら、せっかく俺が教えてやったのにまるで聞いてねえんだろ。本性を現しやがったな。俺のこと舐めてんのか。舐めてんだろ」

「そんなことは…」

一拍置く。

「本当にお前はしようがねえやつだな。もう一度だけチャンスをやる。俺の後に続けて言ってみろ『何でもいいからハンコを押させます』ほら言え」

「何でもいいからハンコを押させます」

「声が小さい」

「何でもいいからハンコを押させます」

「もう一回」

「何でもいいからハンコを押させます」

大声を出すとなぜか気持ちが昂ってくる。

ちょうど一〇回繰り返したところで、さあて、仕上げにかかるかと尾風が呟きながら椅子に座る。

「なぜ取れないかわかったら、次はどうやったら数字が取れるかも教えてやる。お前には女房と子供がいたよな」

「はい」と澤部はうなずいた。大切な家族の顔が脳裏に浮かんだ。

「今度の土曜日、女房と子供を連れて客のところを回れ。そして『私はこの子らを食わせるために、どうしてもご契約いただかないとなりません。どうかご慈悲だと思ってご契約してください』と言え」

そのときの自分とうな垂れている家族の姿を想像して、澤部は息が苦しくなった。そんなことできるわけがない。だが、この人なら本当にやらせるかもしれない。

「一家の大黒柱の一大事だ。女房も子供も協力してくれるだろう。苦しいときに支えあうのが家族ってもんだ。女房に頼めるよな」

「……」

「なんだ、嫌なのか」

「……」

「嫌なのか」

徐々に声が大きくなる。

「嫌なのか、って聞いてんだよ」

何も答えられない。

「携帯を出せ」

唐突に尾風が言う。

澤部がワイシャツのポケットからスマートフォンを取り出すと、尾風が右手のひらを広げた。こっちに寄越せという意味だ。澤部は小刻みに震える手でスマートフォンを渡した。待ち受け画面は昨日の晩に撮影した家族写真だ。ふーん、と一瞥し、尾風が節くれだった指を画面にすべらせる。

「お前が女房に言えないなら、俺が代わりに言ってやる。できそこないの亭主のために、一肌脱いでくださいってな。これが女房の番号か」

尾風が見慣れた笑顔の写真の下にある受話器のマークに人差し指を伸ばした。

この人は本気だ、本当に電話する。

「やります、やります。死ぬ気でやります。何が何でも客にハンコを押させます。だから、それだけは……」

澤部は大声で叫んだ。今までの銀行員生活で一度も言ったことのない言葉を心の底から叫んだ。

尾風は穏やかな口調になった。

「よく言った。約束だな。お前には能力がある。だからこそ俺は厳しく言うんだ。大丈夫、俺の中では君の成功が見えている」


「これが、朝岡流だ」

尾風が椅子にもたれて、やれやれと伸びをしながら言った。

「慣れればどうってことはない。それどころか、数字が上がってくると楽しくなってくる」

澤部は一気に力が抜け、崩れるように椅子に座った。

尾風が付け加える。

「女房、子供のところは相手に応じてアレンジするんだ。たとえばだな、母親だけの家庭だったら母親と一緒に回ってこい、だ。若いやつには恋人と一緒に回ってこい、だ。普通の男だったら、お前の親父と一緒に回ってこいでもいい。つまりそいつが無様な格好を一番見せたくない相手と一緒に回ってこい、と言うのがポイントだ」

尾風は自分の言葉に満足そうにうなずいた。

「それからな、口はいいが、手だけは出すなよ。昔はそれも許されたが、さすがに今の時代は無理だからな」

澤部は恐る恐る質問をした。

「メンタルがおかしくなったり、辞めてしまう行員が出るのではないでしょうか」

一笑に付された。

「あのなあ、この程度でメンタルおかしくするやつなんて、もともとそういうやつなんだ。親の育て方の問題だ。俺たちのせいじゃない、気にするな。何とか通報窓口もオヤジが押さえているから大丈夫だ。退職するやつは、そもそも銀行に向いていなかった。人事部の採用ミスだ。稼げないやつを飼っておくなんてそんな余裕は銀行にはない。俺たちが人事部の尻ぬぐいをして辞めさせてやっているんだ」

そうして潰したやつが俺は二三人だ。顔も名前も覚えていないがな、と尾風はうそぶいた。

尾風の自信たっぷりの態度に触れて、澤部もやっていけそうな気がしてきた。だがもう一つ懸念がある。

「お客様に無理にハンコを押させて、あとあとトラブルや訴訟になったら困りますよね」

お前は本当に心配症だな、と言い、その懸念にも答えてくれた。

「昔、あるマネジメントセミナーに出たことがあってな。そこで経営コンサルタントがこんなことを言っていた。何かしらの不満を持った客が、実際にクレームをつけてくるのは、三〇〇人に三〇人の割合だそうだ。さらにその中から訴訟などに発展するのは、たったの一人だと。つまり、不満を持った三〇〇人のうち、二九九人は問題ないってわけだ」

コンサルタントは違う趣旨で言ったのだろうが、尾風は自分に都合のいいように解釈していた。

「それにな、うちの銀行には連戦連勝の優秀な顧問弁護士が付いている。高い顧問料払っているんだから、お前も訴訟の仕事を一つくらいは回してやれよ」

クレーム、トラブル、訴訟も恐るるに足らずだ。ギリギリまでやっている証拠、勲章だと思え。

結果が出れば部下だって楽しくなる。鬼になって追い込んでやるのが上司の仕事だというのが朝岡会に貫かれた信念だった。メンバーは皆、若い時分に朝岡にしごかれて徹底的にどす黒い信念を叩き込まれ、さらに自分の部下に叩き込むという流れができ上がっていた。

一息つくと尾風が言った。

「さあ、次はお前の番だ。俺のことをできの悪い営業だと思ってやってみろ」

「よろしいのですか」

「お前のためだ、遠慮はいらん。思い切りやれ」

尾風は終業間際まで朝岡流の部下指導のやり方を懇切丁寧に教えてくれた。

「俺たちの力でオヤジを銀行でもっと上の立場に押し上げるんだ。お前も朝岡会の重要な一員なんだからな。心してかかれよ」

尾風は最後にこう言い、会議室から澤部を送り出した。

†††

サガミ銀行横浜みなとみらい支店は、発展が期待されている横浜みなとみらい21地区に一五年前に新設された店舗である。支店店舗は高層ビルの五階フロアの半分を占有している。ビルの上階にある店舗を銀行業界では「空中店舗」と呼ぶ。

銀行店舗は伝統的に駅前や商店街の入り口、オフィス街の中心地など一等地の一階に店を構えていた。それは顧客の求める利便性に応える意味もあったが、銀行業界が産業ヒエラルキーの上位に位置する象徴、シンボルでもあった。しかし、バブル崩壊とその後の金融危機を経て銀行の地位が相対的に低下したことに加え、インターネットバンキングの浸透やコンビニATMの拡大の影響で、一等地の一階に店舗を構える必要性は薄れてきた。経営的な側面においても一等地の一階の家賃は高めであり、空中店舗のほうが店舗運営コストを抑えられる。

一方で店舗がビルの上階なので常連客や既存顧客以外の一見客、飛び込み客の来店はほとんど見込めない。だが、一見客、飛び込み客が来ないのは決して悪いことではないのだ。銀行員の本音は〝余計な客が来なくていい〟である。一見客、飛び込み客が美味しい話、大口の預金や優良な融資話を持ってくることはまずない。そのような話が持ち込まれたら詐欺を疑う。一見客、飛び込み客のほとんどは、手間暇がかかるわりに実りの少ない小口客であったり、最初から日頃のうっ憤を何かにぶつけたいと狙っている類の人たちである。空中店舗にはそれらの客はほとんど来ない。ただし、待っているばかりでは客は増えないので、こちらから打って出る攻めの営業が特に求められるのが空中店舗である。

横浜みなとみらい支店の支店長席で澤部は実績速報に目を通していた。

着任してから三カ月が経過していたが、今月も目標数字を大幅に上回ることができそうだ。朝岡会の支店長として恥ずかしくない結果である。

「どうやって売るんだ！」と部下をはじめて叱責したときは、背中に汗が何本も流れたものだった。すると思いもかけず効果があらわれた。翌日その部下が難しい契約をまとめてきたのである。澤部は次第にコツをつかんで、この頃は我ながら叱責もだいぶ板についてきたと思う。

澤部は部下を追い詰めていると思い出す光景がある。子供の頃のことだ。庭にいた蟻を捕まえて足をもいだり、指で頭を潰す。虫眼鏡で太陽の光を集めて焼いたこともあった。してはいけないこと、悪いこととはわかっていたが、それがかえって澤部を興奮させ、夢中にさせた。

最近気づいたが、澤部は部下の間でこっそり「ジキルとハイド」と呼ばれている。普段は温和で紳士的だが、怒ると豹変するという意味だろう。何かミステリアスな雰囲気の漂うあだ名を澤部は気に入っていた。

腕時計を見た。金曜日の夕方五時、ハイドになる時間だ。

「夕礼をやるぞ」

営業担当者たちが支店長席を中心に輪になって立った。

「あれを用意してくれ」

輪の中央に「お立ち台」が用意された。灰色で大人のひざほどの高さがある。ホームセンターで簡易作業用の台として売っていたのを澤部が購入した。インターネットで「部下指導、営業、効果的手法」と入力して検索したところ、十数ページ目に出ていた政府系金融機関で行われている部下指導でこのお立ち台が使われていた。澤部はその手法を取り入れた。

「では、まずは表彰式をはじめよう」

澤部は今週の成績ナンバーワンの部下の名前を呼んだ。部下が嬉しそうに台の上に立つと、大きな拍手が沸いた。

「よくやったな」と澤部は部下をほめた。「私は清水君の地道な努力を感心しながら見ていた。みんなも見ていたよな」

「はい」と一斉に声があがる。

「清水君、君の根性は立派だよ。もちろん実績を出してもらえたことは支店長として嬉しいが、それ以上に君が成長してくれたことが本当に嬉しいんだ。ありがとう」

もう一度、大きな拍手が起きる。

「支店のエース！」

「尊敬します」

「見習います」

「すごいです」

と周囲から声があがる。部下たちに称賛は出し惜しみしないよう指導している。

「次は反省会だ。山田正人」と、澤部は部下の名前を呼んだ。

若い行員がお立ち台の上に立った。顔色がすでに蒼白になっている。

「さあ、営業グループのみんなに謝れ」

「あの…」

「さっさとやれよ」と澤部は怒鳴った。

お立ち台の上で山田は深々と頭を下げた。

「私、山田正人は今週も実績が未達になってしまいました」

「声が小さい」

澤部の冷たい声が室内に響く。

「やり直しだ」

山田は泣きそうな顔をしながら大声を出した。

「私、山田正人は今週も実績が未達になってしまいました。店の業績の足を引っ張る私は悪い人間です。最低です。皆さん、どうかダメな私を許してください」

「そんな謝り方ねえだろ」周囲からヤジが飛んだ。

「今週もかよ」

「本当に反省しているのか」

「山田くーん、未達の理由を説明してください」

数分の間、周囲からヤジが続く。はじめは遠慮がちだった行員たちも今では慣れたものである。

山田はうつむいて黙ったままだ。

「お前、馬耳東風って感じだな」と澤部はいまいましそうな口調で言った。「せっかくみんなが反省をうながしてくれているのに素直さがたりない」

「申し訳ございません……」

肩を震わせる山田の姿は小動物を思わせた。さしずめ俺は肉食動物だな。舌なめずりするようなサディスティックな興奮を覚えて下半身が熱くなっていく。山田をもっと追い詰めたくなる。

「営業グループのみんなの声が効果ないとなると、そうだなあ……」

思案気にあたりを見回した。ちょうどいいのがいた。

「河合さん、ちょっとこっちに来て」

澤部は預金事務係で山田と付き合っているという噂の女性行員の背中に声をかけた。河合は身を固くし、まったく動く気配がない。もう一度、聞こえなかったかな、河合さーんと呼んでみた。河合はゆっくりとした動作でうつむいたままお立ち台の前にやってきた。すでに頬には涙が伝っている。

「河合さん、山田君に言ってあげてよ。『あなたは支店一番の役立たずです。早く一皮むけてください』って」

テレビのCMを見て思いついたセリフだった。

山田はお立ち台に乗ったまま、小さく「うっ」といい、手で顔を覆った。河合も手で顔を覆い、肩を震わせたまま何も言わない。生意気な先輩の女性行員が、「支店長、もういいでしょ」と言って澤部を睨みつけ河合の肩を抱いて机に戻した。

まあいい、次はこの気の強い女を営業に回してみよう。どうなるかお楽しみだ。

その晩、澤部は妻と激しく交わりながら、山田と河合も今ごろ燃えているかな、若い二人にいいことをしてやったと本気で思った。

若い二人は月曜日に無断欠勤した。翌日、人事部から二人の退職願が届いたと連絡があった。一身上の都合とのことである。人事部は「何か兆候はありませんでしたか」など通り一遍のことを聞いてきたが、深く詮索することはなかった。

澤部が初めて潰した二人だった。

二人の顔を思い出そうとしても、のっぺらぼうが思い浮かぶだけだった。名前もすぐに忘れるだろう。

「これで俺も名実ともに朝岡会の一員になれた」

澤部は完全にどす黒い信念に堕ちていた。

†††

車はみなとみらい大通りを直進した。右手に横羽根銀行本店、左手にランドマークワタ一が高くそびえる。交差点を左折してさくら通りに入った。日本丸や観覧車といった横浜らしい景色が広がってすぐに目的地のクイーンズスクエアに着いた。大型の商業施設だ。道路の左に地下駐車場入り口の案内板があった。車が何台も並んでいる。

「混んでるね」と助手席の京子が言った。

「春休み中の土曜日だからな」

澤部はサイドブレーキを引いた。

「ママ、これ見て」と娘が後部座席からスマートフォンの画面を見せた。「星奈、レッセパッセのカーディガンが欲しい」

「パステルカラーのカーディガンなら制服にも似合いそうね」でも、と京子はちらりと夫のほうを見た。「このブランド、いい値段するわね」

「いいじゃないか」と澤部は笑った。「通学に必要なんだろう。カーディガン」

「やった」星奈が嬉しそうに目を輝かせる。

娘はこの四月から高校生になる。妻の念願どおり横浜山手女学院に合格した。お嬢様学校のイメージから厳格な校則があるものと澤部は勝手に想像していたが、自由でのびのびした校風で、制服はあるもののカーディガンやコート、靴下などは自分の好きな物を着用してもよかった。

「セーターやコートも好きなものを選べばいいさ」

「ありがとうパパ、大好き」

星奈は座席の後ろから父親に抱きついた。

「まったく、娘には甘いんだから」

「高志にだってやりたいようにやらせているぞ」

息子はサッカーの合宿に参加していた。海外の有名なコーチを招聘して東京で開催されている。去年は費用の理由から参加を諦めたが、今年は笑顔で出かけていった。業績優秀店に支給された報奨金のおかげだ。

「やっぱりベンツは素敵ね」と妻が前に並んでいる車を見ていった。Cクラスのセダンである。横浜山手女学院の入学説明会のとき、親たちの車のほとんどが高級外車だったという。

「あなた、車をベンツに買い替えない？」

「無茶言うなよ」

澤部は軽くいなした。

「六五〇〇万円くらいで買えるみたいよ」

京子はショールームに行ったらしい。「星奈が学校で恥ずかしい思いをしたら可哀そうじゃない。そうだ、何ならあなたはこの車で、私がベンツでもいいわよ」

「おい、おい。まあ、そのうちな」

澤部はドリンクホルダーのコーヒー缶に手を伸ばした。

「それと、必ず営業推進部長になってね」

「何だよ、それは」

コーヒーをむせそうになった。

「星奈が横浜山手女学院大学に進学したとき、やっぱり部長の肩書くらいないと」

「営業推進部長は朝岡さんだ」

「今はね。私が言っているのは将来のは・な・し。『朝岡さんの恩に報いたい、朝岡さんを役員に押し上げる』があなたの口癖じゃない。朝岡さんが役員になれば、次の営業推進部長は朝岡会から出るんでしょ」

「そうかもしれないが」

澤部はコーヒー缶をホルダーに戻した。

現在の営業推進部担当常務はすでに在任期間が五年になる。そろそろ交代してもおかしくない時期だ。朝岡がその地位に就けば、部長の椅子に誰かが座ることになる。

「だけど、恐らく次の部長は尾風さんだろうな」

「なぜ?」

「朝岡会で、いいや行内でトップの業績を上げている」

尾風は査定委員会のきっかり三カ月後、人事部付を解かれて渋谷支店の支店長に着任した。

営業の現場を取り仕切る朝岡の強い意向を受けての人事であった。

「みなとみらい支店も絶好調だけど、ずっと二位だ」

「だったら一位になればいいじゃない」

京子は自信満々だった。

「あなた、最初はみなとみらい支店の支店長が自分に務まるかって不安がっていたわ。でも大丈夫だった。私、高志にもあなたを見習って挑戦の一歩を踏み出しなさいって言っているの。お父さんと同じで必死で頑張れば何でもできるって」

「何だかくすぐったいな」と澤部は笑って流したものの、嬉しさがこみ上げてくる。

「ねえ、まだ駐車場に入れないの」

ずっとスマートフォンをいじっていた星奈が言った。「パパとママ、仲が良すぎだよ。子供の前で少しは遠慮してよ」

「二人は先に降りたらいい。駐車場に車を入れたら連絡するから」

車内で一人きりになると、澤部はシートに体をあずけて妻との会話を検討し始めた。尾風には助けてもらった。しかし営業推進部長の椅子に挑むとなると話は別だ。朝岡と尾風は行内でもゴールデンコンビと言われている。その一方で、朝岡は修平大学の後輩を大切にする。学歴を重視する銀行業界の中で、三流私立大出身にもかかわらず本部の部長の座についた朝岡だからこそ、同窓に目をかけてやりたくなるのかもしれない。澤部には追い風だ。営業推進部長の椅子はただ一つ。一人しか座れない。全店トップの業績さえ上げればレースの勝ち目は十分に出てくるだろう。

駐車場に向かうスロープを降り、地下三階でゆっくり車を前進させながら澤部は駐車スペースを探した。

やっとのことで車を停め、澤部はエレベーターホールに着いた。階数表示板を確認するとどのエレベーターも上に向かっている。駐車場のある地下三階まで到達するのは時間がかかりそうだ。仕方なくエレベーターホールの自動販売機の前に立って何とはなしに商品を眺めていた。

「すみません、買いたいんですけど」と男に声をかけられ、澤部はあわてて脇に動いた。

「どうも失礼しました」

男がまじまじと澤部の顔を見つめる。

「あれっ、えーっと…、もしかしてサガミ銀行さんの……澤部さん？　じゃないですか」

男は三十代前半くらいで背が高く、日焼けした顔はイケメンの部類に入るだろう。土曜日だというのにネクタイを締めて体にフィットした紺のスーツを着ている。

「千賀ですよ。リビング不動産にいた」と相手は爽やかな笑顔を添えて言った。やけに白く整った歯でシェービングローションのイラストを思わせる。「何年ぶりですかね。五年、六年？その節は住宅ローンの件であれこれご面倒をおかけしました」

「ああ、千賀さんか」

会社名と住宅ローンという単語を聞いて思い出した。澤部が以前勤務していた支店で取引先の不動産業者に勤めていた営業マンだ。当時澤部は課長職で、千賀はよく住宅ローンの案件を持ち込んでくれた。

住宅ローンと賃貸物件（アパート・マンション）ローンは、銀行の個人顧客向け融資の主力商品である。しかし、現在では個人顧客が銀行窓口に出向いて直接銀行員にローンの相談を行うのは稀だ。窓口に出向くのは一割弱、インターネットで申し込むのが一割強、残りの八割は不動産業者からの紹介案件であり、銀行は不動産業者を頼りにしているのが実情だ。不動産業者の優秀な営業マンは銀行にとってありがたい存在である。

千賀は見た目は軽いが、数年ぶりに会った人間の顔と名前を覚えているとは営業マンとしてやはりなかなかのモノだ。

「今こういうところにいます」と千賀はスーツの内ポケットから名刺を取り出す。澤部もジャケットから名刺を取り出し、地下駐車場での奇妙な名刺交換となった。

「横浜みなとみらい支店の支店長さんなんですか。あの頃からデキる方だとは思っていたんですけど、やっぱりすごいですね」

世辞もこなれている。

いやいやそんなといいながら千賀の名刺を見ると〝株式会社ハッピーデイズ　営業課主任〟とある。肩書に宅地建物取引主任者もついているので、今の会社も不動産業者のようだ。

名刺の裏を見ると〝シェアハウス『お菓子の家』であなたもハッピーに〟と刷ってある。

「うちの会社は、普通の物件も扱っているんですけど、『お菓子の家』っていう独自ブランドのシェアハウスに力を入れているんです。投資用マンションのシェアハウス版っていったらいいかな」

シェアハウスは、澤部も聞いたことはあったが詳しくは知らない。

「今風《いまふう》の下宿屋か長屋みたいなものかい？」

千賀は笑いながら答える。

「うーん、まだそういうイメージの方、多いですよね。でも、もっとスマートでおしゃれな物件ですよ。そうだ、これから六階のレセプションルームで投資家さん向けのセミナーをやるのでご参考までに見ていきませんか。お席ご用意しますよ」

「せっかくだが今日は家族と一緒だから」

「あ、そうなんですね。じゃあ、来週の土曜日にも横浜のホテルでセミナーがあるので、そっちならどうですか」

「ああ、それなら行けるかな」

「詳しい時間と場所、メールさせてもらっていいですか？」

銀行員の名刺にはメールアドレスは記載されていない。澤部は一度渡した自分の名刺を受け取り、裏に個人のアドレスを書いた。千賀は丁寧にアドレスのスペルを復唱した。

「わかりました。ここに連絡します。また昔みたいに案件のご紹介とかできるといいな」

ちょうどエレベーターが着いて、人々が降りてきた。

「あっやべ、僕、水の買い出しにきたんだった。澤部さんお先にどうぞ」

「じゃあ、土曜日に」

澤部はエレベーターに乗り込んだ。

翌週、セミナー開始の二〇分前に澤部は横浜の高級ホテルの宴会フロアに到着した。『お菓子の家　投資家様セミナー会場』と案内板のある会場に入る。天井の豪華なシャンデリアが会場内を明るく照らしていた。

前方の一角に人だかりがあった。インスタ映えなどといいながら写真を撮っている者もいる。何があるのかと近づいてみると、ホテルのパティシエが作った大人の背丈ほどもある『お菓子の家』が飾られていた。確かグリム童話のヘンゼルとグレーテルだったか。あらすじはぼんやりとしか思い出せない。主人公は貧しい兄妹で魔女が出てきてそれからどうなるのだったか。ハッピーエンドだったような気もするし、バッドエンドのような気もする。

千賀がいたので声をかけると、「これからお客さんと打ち合わせなんですよ。今日は準備の手伝いだけをしにきたんです」とそそくさと会場を出て行った。

澤部は後方の目立たない席に腰を下ろした。どれ、じっくり観察してみるか。この会社がまともな会社か胡散臭い会社かはどうでもいい。俺のところにどれだけ客を持ってくることができる会社なのか、それが知りたいことだ。

ざっと見たところ会場には一五〇人分の椅子が用意されていた。徐々に席が埋まり、開始時刻には満席になった。セミナーの盛り上げ役のサクラも多少混じっているだろうが、そこそこの集客力である。参加者は、身なりや髪型からサラリーマン風もいれば、自営業風、主婦、リタイアした夫婦、金銭的に余裕のありそうな者、なさそうな者など多種多様だった。

司会者がセミナーの開始を告げる。

最初にイメージキャラクターになっている若い女性タレントが登場した。テレビで見慣れた顔がお祝いと軽い勧誘の言葉を述べると会場の熱が一気に上がった。女性タレントは会場の真ん中に作られた花道を拍手に送られ、手を振りながら退場していく。

わずか一〇分ほどの滞在でどれだけのギャラになるのか、それとも年間契約の中に入っている仕事なのかと、澤部は無意識のうちに銀行員の性分で他人のカネの詮索をしていた。

タレントの登場が奏功し会場の雰囲気が温まったところで司会者が告げる。

「さて、ここからは弊社代表取締役社長、牧之瀬優司による講演となります」

千賀と再会した翌日、澤部はインターネットでシェアハウスについて調べてみた。確かに澤部が持っていた下宿屋のイメージとは違い、シェアハウスはテレビやインターネットの恋愛ドラマの舞台にもなっていた。若い男女数人が共同生活し、恋愛や破局、友情、嫉妬などの人間模様が描かれていた。ただ、それはドラマという仮想世界の話である。現実的に今の時代、男女が一つ屋根の下、一つのリビングでプライベートを制限されながら共同生活を行うスタイルの賃貸住宅にどれほどのニーズがあるのか疑問だった。確かにワンルームマンションや築浅のアパートに比べれば家賃は安い。しかしいくら家賃が安くとも入居率が安定するとは思えない。

シェアハウス投資の問題点には投資家も気づくはずだ。

拍手に迎えられ社長が登場する。不動産会社の社長ということで、脂ぎった押しの強い五、六〇代の人物を想像していた。だが姿を現したのは澤部と同年代の四〇代半ばの男だった。牧之瀬社長はパワーポイントをスクリーンに投影しながら説明していく。話しぶりもゴリゴリ押してくるのではなく、ひと言ひと言丁寧に語りかけながら進行していく。

雇用不安、年金不安、低金利、低成長など、不動産投資セミナーにつきものの話題、不安を煽る話題にひと通り触れたあと、「だから『お菓子の家』なんです」と続ける。

『お菓子の家』には、他のシェアハウスにはない独自の特徴があるという。

まず、入居者は地方出身の二〇代の女性だけに限定している。若い女性は比較的家賃の滞納率が低く、各種のトラブルも少ないのが経営面でメリットである。地方には東京で働きたくても家賃が高く諦めている女性も多い。その女性たちに狭いながらも安価に住める住居を提供することは働く女性を応援するという社会貢献にもつながる。

また、入居者には仕事のあっせんもしているという。あっせん先の企業から徴収する紹介料が家賃以外の収益源になっていると社長から説明がある。

細かい収益面の説明に入る。弊社の建てるシェアハウスには共同リビングがない、風呂もなく共同のシャワールームのみ、一部屋当たりの占有面積がわずか四帖程度。つまり、同じ土地でアパートやワンルームマンションを建てるよりも部屋数を多く用意できるので、入居者も多く入れられる。一部屋の家賃はアパートやマンションよりも安いが、トータルの家賃収入はシェアハウスのほうが多い、というロジックだった。

しかし逆の側面から見ると、建物はニーズが小さいシェアハウスにしか使えず汎用性は低い。仮に入居率が低迷し物件を売却しようとすれば建物の価値はゼロ評価だろう。冷静に銀行員目線で評価すれば相当にリスクの高い投資である。

社長の話が続く。物件の管理は当社が請け負うので、日常的な掃除や保守点検、万が一のトラブル対応や家賃滞納者への督促など煩わしいことにオーナーが時間や労力を割くことはない。また、三〇年一括借り上げのサブリースで弊社が家賃を保証するからオーナーは長期間安定した経営が可能である。

サブリースの家賃保証などまったく当てにならないのは経済紙を読んでいる人間であれば常識だが、いまだにセールストークとして成立しているようだ。

次に資金調達、銀行借入の話になった。『お菓子の家』の標準的な価額は土地建物合計で一億数千万円。もちろん銀行借入を利用する人がほとんどである。弊社はいくつかの銀行や信用金庫と提携し、投資家の借入をサポートしている。営業マンが窓口となり銀行員と交渉するので安心して任せてほしい。銀行員ってお堅くて怖いイメージがありますが、付き合ってみると結構そうでもないですよ、と語った。

最後は実際に稼働している物件の事例紹介となった。立地、間取り、入居状況、資金収支など必要と思われる情報は網羅され、良好な利回りをあげていた。

社長の話はここまでだった。一〇分間の休憩に入る。

会場にいる参加者の様子といえば、降壇した社長に駆け寄り「感動しました、新しいビジネスモデルですね」といって無邪気に名刺をねだる者もいれば、警戒心を解かず思案気にパンフレットを眺めている者もいる。

休憩が終わり、司会者がマイクを使って少しくだけた調子で告げる。

「さて、次は入居者様からのビデオレターのコーナーです」

前方のスクリーンに地方から出てきて『お菓子の家』に住んでいるという若い女性の映像が映し出された。

一人目は東北地方から出てきた看護師だ。大人数の女性アイドルグループのセンターとはいわないが、端っこにならいそうなレベルである。

「私はずっと田舎育ちで、東京で看護師になるのが夢でした。でも東京は家賃が高いし、弟たちのために家にお金を入れないといけないし、自分には無理だと諦めていたんです。でもお菓子の家のことを友達に教えてもらって、ここなら自分でも大丈夫と思いました。実際に住んでみるとセキュリティもしっかりしているし、プライバシーも守れるし、ちょっと部屋は狭いけど快適に生活しています。もちろん節約してきちんと実家に仕送りもしてますよ。私はお菓子の家に入って本当によかったです。大家さんにはすっごく感謝しています。投資家の皆さんもぜひ私たちの大家さんになってください。よろしくお願いします」

ペコリと頭を下げ、最後は少しだけ首を傾げ、顔の横に両方の手を広げながら「バイバーイ」

で締めくくった。

集まった投資家、特に中高年男性の目尻が下がっていくのがわかる。

続いて、九州から上京しているスポーツジムのインストラクターがレオタード姿で登場した。最後に関西から来た美容院のアシスタントの関西弁丸出しのメッセージが会場の笑いを誘った。三人とも笑顔を絶やさず、語ったセリフにもよどみがなかった。

「セミナーの最後は、成功者のオーナー様にご登壇いただきます。どうぞ盛大な拍手でお迎えください」

お菓子の家を買った投資家が三人登壇し、一人一人スピーチを行う。

最初は北関東の市役所勤めの実直そうな地方公務員だ。灰色のスーツを着て、緊張した面持ちでマイクの前に立った。地元に先祖代々の土地はあるが、過疎地でアパート経営は難しい。都心でのアパート経営を考えていたところお菓子の家を知り、家賃保証がついて安心と思って投資したそうだ。

二人目は大手広告代理店の社員が登壇する。テーラードのジャケットを着こなし、身振り手振りを交えた話はプレゼン慣れを感じさせる。会社でもそれなりの地位にいるのであろう。その広告代理店では仲間内でお菓子の家に投資するのが流行っているという。スピーチの最後を少し照れながら、自身もＣＭ制作に関わったという「いつやるか？ 今でしょ！」のフレーズで終わらせると会場からは軽い笑いが漏れた。

オーナーはどうやら本物だ。ハッピーデイズは、銀行でいうところの属性のいい個人、公務員や一流企業の社員を主な顧客にしているのか。

隣にいた質素な身なりの二人連れが「役所の人やエリートサラリーマンがオーナーじゃあ、私たちには無理だね、関係ないかもね」とひそひそ話をしている。会場にはそう感じている者も少なくなさそうだ。さあどうくる、と澤部が思っていたところ、最後にマイクの前に立ったのは、六〇代後半とおぼしき女性だった。

長年の生活苦のにじみ出た、顔に深く刻まれた皺と猫背に、真っ赤な派手なワンピースとアンティーク調の鼈甲のブローチといういで立ちがミスマッチだ。

「私は一〇年前に夫に先立たれ、子もなく、親せきとも疎遠でわずかばかりの年金と掃除婦のパートで生活していました。このままではどうなるんだろう、貯金もないし、狭いアパートで孤独死するしかない、と思っていました。そんなとき、パート先の人に連れられてお菓子の家の投資家セミナーに参加したんです。そうです、今日の皆さんと同じようにそちら側に座っていました」

それまで手に持ったメモに目を落としながら話していた女性は、初めて会場の参加者に顔を向けた。

「最初は半信半疑でしたが、説明を聞いているうちに、これは本物だと思ったんですね。このビジネスモ…、えーとモデル？は、間違いない。確かに東京にあこがれている若い女の子はたくさんいる。ニーズがあるって直感しました。ただ、心配だったのは、私みたいなのに銀行が一億円なんておっきいお金を貸してくれるかってことでした。でもそこはハッピーデイズの方が親身になって相談に乗ってくれて、銀行との交渉もしっかりやってくれて、お金を引いてきてくれました。頭金が用意できないので心配だったんですが、いい物件だったので満額ローンがおりたんです。やったーって思いましたよ。これで将来安泰だってね。今の物件は、銀行のローンを返済しても毎月二〇万円の手取りがあります。それでお洋服を買ったり、美味しいレストランに行くこともできるようになりました。それに私みたいなのが、生活が楽になるだけでなくて、社会貢献もしてるんですね。ただ、もう少し余裕が欲しいので、二つ目の物件を探しているところです。そうすれば、パートも辞められるしね。庄司君、いい物件、紹介してね」女性は、会場の隅にいた営業マンに手を振った。営業マンは苦笑いして二、三度うなずいた。

「とにかく、私はハッピーデイズに出会えてハッピーです」

会場は大きな拍手に包まれた。隣の二人連れも目を輝かせて手を叩いている。

澤部も周りに合わせて拍手をしながら考えた。おい、いったいどこの銀行がこの掃除のおばちゃんに一億円出したんだ。よほど物件の立地がいいのか。果たしてうちは出せるのか。まあいい、属性や立地が悪い案件は断ればいいだろう。

「では、セミナーはこれで終了となります。なお、隣の会場に個別相談のブースを多数ご用意しております。ぜひこの機会に弊社の営業担当者に何なりとご質問、ご相談ください」

参加者は我先にと相談ブースがある会場へと向かっていく。二人連れも私たちでも大丈夫か聞くだけ聞いてみようよ、といそいそと立ち上がった。しかし聞くだけでは済まないだろう。

澤部は知りたかったことを知ることができた。
一人一億円か。一〇〇人なら一〇〇億円だぞ。金脈を掘り当てるとはこのことだ。帰り道、笑いがとまらなかった。

†
†
†

横浜でのセミナーの週明け月曜日、澤部はさっそく千賀に電話をかけ、ぜひ案件を持ち込んで欲しい、できればいい案件でと依頼した。千賀は、わかりました、うちも融資の窓口を増やしたかったんですよ、ほかの営業にも言っておきますね、といい電話を切った。するとその翌週にはさっそく最初の一億二〇〇〇万円の案件を持ち込んできた。サガミ銀行では投資用不動産の融資案件は相対的にリスクが高いことから、金額にかかわらず、すべて本店の融資部の決裁事項であった。急いで部下に稟議書の作成を指示し融資部に稟請した。物件立地、オーナー希望者兼ローン申込人の属性ともに良好で、シェアハウスの仕組みの説明で多少時間を要したが、問題なく承認が得られた。

その後もハッピーデイズの複数の営業マンから続々と比較的良質な案件が持ち込まれ、融資部の審査もスムーズに通った。案件が増えるにつれ、行員一人では対応が難しくなり、若手の清水をリーダーに営業成績のいい三人をハッピーデイズ班と称し、専任させることにした。横浜みなとみらい支店の業績への貢献も多大で、尾風が指揮する渋谷支店の逆転も視野に入ってきた。

四カ月後、横浜市内のファミリーレストンでのできごとである。

「では、ご融資の実行と物件のご名義の変更は次の大安吉日の来週金曜日となります。今後とも末永くよろしくお願い申し上げます」

契約書類の作成が終わり、サガミ銀行横浜みなとみらい支店の清水とハッピーデイズの社員は初老の男性に深々と頭を下げた。ファミリーレストランから男性が出ていく後ろ姿を見届けると社員は、「じゃあ、これいつものお車代です。一応、中身を確認していただけますか」と封筒を清水に手渡した。清水は中身の枚数を数え、いつもすいませんと礼をいい、何度も頭を下げながら鞄にしまった。僕はここでちょっと書類を整理していくんで、という社員を残して清水はファミリーレストランを後にした。

斜め後ろのテーブルにいた男が、小型カメラを内蔵したカバンを手にして清水のいた席に着く。

「ばっちり、手元が撮れたぜ」

「ばっかだね、たったあれだけであんなに喜んで」

「どうせ俺たちが紹介したキャバで溶かすだろ」

「今日行くほうに一万円」

「おれもそっちに一万円」

「それじゃあ、賭けになんないじゃん」

「そっか、だな」

二人は同時に笑い、そろそろ俺たちも行こうと伝票に手を伸ばした。


ハッピーデイズ班を組成してから店の業績は飛躍的に伸びた。だが最近、澤部には班の三人について心に引っ掛かることが出てきた。彼らが身に付けている物がどんどん高価になっているのだ。たとえば、腕時計が海外の高級ブランド物になった。通勤用の鞄や文房具も有名ブランドになり、合計すると優に一〇〇万円を超えるだろう。スーツも既成品から仕立てのいいオーダーメイドになった。もちろんボーナスは弾んだし、銀行の営業マンだからそれなりの持ち物と服装は必要だ。だが、それにしてもである。

身に付けている物だけではない。彼らは仕事帰り、女性が接客する飲み屋に頻繁に立ち寄っているようだ。独身の彼らが業務時間外にどこに行って何をしようと勝手である。ただし、それには一つ条件がある。「使うカネが、取引業者からもらったカネではない」という条件だ。

まさかあいつら、ハッピーデイズからカネを受け取っているということはないよな。

銀行に限らず多くの企業では、取引業者から個人的に金品を受け取る行為、キックバックは禁じられている。サガミ銀行でもキックバックを受け取ったことが露見した場合、服務規律違反で処分される。あいつらは別にどうなっても構うもんか。自分が支店長として部下の監督責任を問われることが問題だ。しかもハッピーデイズは支店長自ら引っ張ってきた業者である。

自分が懲戒解雇になることはないだろうが、何らかの処分は免れない。無傷ではいられない。客と揉めての訴訟よりも責任が明確な分、人事面への影響は大きい。せっかくの横浜みなとみらい支店での支店長としての実績が水泡に帰す。

夕刻になり、営業担当者が続々と帰店してきた。班の三人のうち、二人は帰店している。今日は二人別々にハッピーデイズの社員を交え、ローンの客と契約してきたはずだ。キックバックを受け取るなら今日だ。足が付く銀行振込にするわけがない。やりとりするなら現金のはずだ。

澤部が目で追っていると二人そろって立ち上がった。トイレにでも行くのだろう。澤部は二人の席に近づいた。デスクの横にあるごみ箱に中途半端に破られたハッピーデイズの社名入り封筒が二つ見えた。拾い上げて確認すると、二つとも封筒の端に鉛筆で小さく「10」と書かれていた。

廊下に出ると二人の話し声が聞こえた。澤部は自分の姿が見えないように廊下の角で耳を澄ませた。

「今日行く?」

「おう、今日は二人ともHDから『軍資金』が入ったしな」

「早くスズちゃんに会いてーよ」

「お前、そろそろスズちゃんといいけんじゃない」

「お前もそう思うか。今まで結構使ったもんな」

「あとシャネルのバックとカルティエくらいじゃん」

「うえー、まだそんなにかかるのかよ」

「俺たちがＨＤの担当な限り大丈夫だってば」

ＨＤというのは彼らの隠語だろう。間違いない、あいつらカネを受け取っている。

澤部は支店長席に戻って考えた。

何とかしなければ。やつらを問い質すか。いや、簡単に本当のことは言わないだろう。仮に本当のことを言われたところでどうする。全額相手に返せというか。あいつらにそんなカネはないだろう。俺がいったん立て替えるにしても相手がすんなり受け取るとは思えない。話がこじれて案件の紹介がなくなっては元も子もない。それとも握りつぶして放っておくか。しかし、それだと部下に自分が弱みを握られ爆弾を抱えることになる。あいつらが俺を裏切らない保証はない。担当者を変えるか。いや、それは感染者を増やすだけの最悪の選択肢だ。

尾風に相談してみるか。それもない。今の俺にとって尾風は次の営業推進部長を争う最大のライバルであり、ライバルに弱みを見せるわけにはいかない。朝岡に泣きつくのは時期尚早だろう。ここは自分で打開策を考え、自ら動くしかない。何とか秘密裏に、穏便に済ませる方法はないか。澤部はしばらく思案し、元を断つしかないという結論にたどり着いた。

澤部は千賀に電話を入れ、ハッピーデイズ牧之瀬社長との面会のアポイントを申し入れた。千賀は理由も尋ねず、明日でも大丈夫ですと答えた。

翌日、澤部はハッピーデイズ本社を訪れた。場所は品川である。品川駅は新幹線の停車駅であり、羽田空港へエアポート快特を利用すれば一五分弱というアクセスの良さで再開発が盛んに進められている。特に港南口は高層ビルが集積しており、駅のコンコースとつながる一角にハッピーデイズが本社を構えるビルがあった。

二五階に到着してエレベーターの扉が開くと、千賀が笑顔で迎えてくれた。

「牧之瀬が社長室でお待ちしております」

社長室はフロアの一番奥にあるため長い通路を二人で進む。途中、何人かの社員とすれ違ったが、全員明るい声であいさつしてくれた。

緊張を悟られまいと澤部は「従業員さんは現在、何名ほどですか」と無難な質問をした。「七〇人ちょっとですかね」と千賀は答えた。「会社の事業がすこぶる順調で、僕のような中途入社組がどんどん増えているんです。特に品川にオフィスを移転してから交通の利便性がいいのか、志望者も増加傾向みたいですよ」

「以前の本社は銀座にあったそうですね」

「ええ。東京地区だけでなく、横浜地区の開拓にも本腰を入れようと品川に移転したんです」

千賀は秘書に来客を取り次ぐと、「土曜日の集客セミナーの準備があるので」と去っていった。秘書が案内してくれて、奥の部屋の扉をノックする。

「サガミ銀行の澤部支店長がお越しです」

「どうぞ」という声が聞こえた。社長とは横浜のホテルで名刺交換をして以来だった。

社長室には牧之瀬優司社長のほかに数名の若い社員がいた。虹色のオブジェのようなものを囲んでいる。巨大サイズで、二メートル四方はありそうだった。

「お菓子の家です」と牧之瀬が言った。「あと一、二分で終わりますから、申し訳ありませんがソファでお待ちください」

澤部は明るい黄色のソファに腰かけながら改めて社長を観察した。四〇代半ば、背は一七五センチメートルくらいだろうか。やや細身。切れ長の一重というクールな顔立ちで、笑うと目尻にシワが寄って優しい印象になる。

「お待たせしてすみません」

人払いをして、牧之瀬は向かいのソファに座った。

「お菓子の家が納品されたものですから」

「セミナーで拝見したときより、いっそう素晴らしいですね」と澤部は当たり障りのない調子で応じた。

「イギリスからパステヤージュ技術の専門家を招いて制作してもらいました」

「パステヤージュ？」

「フランス語です。英語だとシュガークラフトかな」

粉糖、ゼラチン、卵白などを練って作るという。

「生地を作り上げたときは粘土のように柔らかいのですが、乾燥すると石膏のように硬くなる。しかも一ミリ以下まで伸ばすことが可能だ。今回のような大きな作品の場合はパーツをたくさん作って組み立てていくんです」

「まるで建築作業みたいですね」

「そうですね」と牧之瀬はうなずく。「砂糖細工なのに家やビルが建つ。城や街並みだって作れる。以前、パリで三メートルくらいのエッフェル塔のパステヤージュを見かけました」

「食べられるんですか」

「美味しいものではありませんがね」

牧之瀬は軽く笑った。

「さて、今日はどういった用件でお越しですか」

「実は、部下たちのことでお話ししたいことがあって伺いました」

澤部はゴミ箱から拾った二つの封筒を取り出して置いた。

「行員たちに小遣いは不要です。このようなことはやめていただきたい」

「なるほど」

牧之瀬はソファから立ち上がり、社長室の一角を占める巨大サイズのお菓子の家へ歩み寄った。

「はじめてパステヤージュの作品を見たのがお菓子の家でした。僕はたちまち魅了された。儚くて、甘くて、美しい。時間を忘れて見入っていたら、シェアハウス事業のアイデアが頭に浮かんだんです。絶対に儲かると思った。そういえば童話の『ヘンゼルとグレーテル』ではお菓子の家の中に魔女の宝が隠されていたんですよ」

「試してみませんか」と牧之瀬は言った。

ちょっとした楽しい仕掛けを施したという。

「この家は内部も精巧に作ってあるんです。ちゃんと魔女が焼かれたかまどもあるし、ドアや窓も開きます。三〇センチくらいの小人なら煙突から中に入れますよ」

確かによくできている。家の中だけでなく外も凝っていて、ユリが咲く花壇があり、薪が積まれ、大きなウサギが草を食んでいた。どこかのテーマパークのようだ。すべてが砂糖細工とは信じがたい。

「では、宝探しのスタート」と牧之瀬が冗談めかして言った。「ヒントがあります。サッカーの茅ヶ崎オールスターズのマスコットは何でしょう」

簡単だ。息子がグッズを山ほど持っている。

「うさぎのチッキー」

「正解。では、宝の場所は？」

澤部は砂糖細工のウサギに触れてみた。たしかに石のように固い。持ち上げると、その下に白い封筒を見つけた。

「どうぞ」と牧之瀬にうながされるままに封を開ける。プラスチックのカードが二枚入っていた。

「茅ヶ崎オールスターズのシーズンパスポートじゃないか」と澤部は思わず声をあげた。それもメインスタンド中央座席となっている。

「しかし、これは…」

「息子さん、喜んでくれるでしょうね」

「でも…」

「次のヒントです」と牧之瀬はかまわず続けた。「横浜山手女学院の校章は何でしょう」

「…百合の花だ」

「またもや正解です」

澤部は牧之瀬にうながされて砂糖菓子の花壇から小さな箱を取りだした。ふたを開けるとティファニーのネックレスが銀の輝きを放った。娘の欲しがっていたハート型だ。澤部は背筋に冷たいものが走った。俺の家族のことを社長はよく知っている。

「最後のヒントです。グレーテルに背中を押されて魔女が焼け死んだ場所は?」

「もう、いい。やめてくれ」

相手の表情も声も変わらない。

「場所は?」

澤部はお菓子の家の窓を開けた。かまどに角型1号の封筒が押し込まれている。二つ折りにされた封筒を手にしてすぐに中身が何かを察した。よく知っている感触だった。厚さは五センチくらい、一センチで一〇〇万円だ。

「奥さん、ベンツが欲しいんですってね」と牧之瀬はいたずらっぽい顔をした。

「受け取れない」澤部は首をふった。

「外車に乗っていれば、お嬢さんも学校でいじめられなくて済むはずですよ」

澤部の顔色がさっと変わった。

「娘になにかする気なのか」

「たとえば、の話です」牧之瀬は笑った。

「ただ、いろいろとお金もかかるでしょう。将来有望な子供さんたちのために私からのささやかな贈り物です。ぜひ受け取ってください」

澤部は五〇〇万円の入った封筒を見つめた。妻の嬉しそうな顔が目に浮かぶ。

「往生際が悪いな。もう逃げ場はないんですよ、澤部さん」

「どういうことだ」

「あなただってわかっているでしょう。無傷じゃいられないって。部下がキックバックを受け取ってしまった時点で無傷じゃいられないんですよ。それとも我々を切りますか。いいえ、切れますか」

澤部は薄々感じていたが、認めていなかったことを認めざるを得なかった。俺は詰んでいる。逃げる手がない。

「いいじゃないですか。尾風さんを出し抜いて、次の営業推進部長になりましょうよ」

牧之瀬はお菓子の家の金貨の飾りをもぎとると、澤部の手につかませた。

「さあ、一緒にお菓子を味わいましょう」

甘すぎて、澤部は胸がムカムカした。

澤部が去った部屋に入ってきた千賀が隠しカメラのスイッチを切りながら牧之瀬に「いかがでしたか」と尋ねた。

「明日から、Sランク、Aランクの案件はやめて、B、Cランクの案件を持って行け」

「そのうち、D、Eランクですね」

「ああ、タイミングは俺が指示する。千賀、よくあいつを巻き込んでくれたな」

「リビング不動産にいたときから、あいつは根は気の弱い、いじめられっ子気質のくせに、今でいうカースト上位の僕らの仲間に入ろうとするタイプだなって思ってたんですよ。僕、そういうやつのことわかるんです。それがたまたま、数年ぶりにあの日、あの地下駐車場で会って。これも運命ってやつですかね」

「人と人が出会っても大きな影響がなければ運命とは呼ばない。大きな影響があったときに後付けで運命の出会いと呼ぶのさ」

「じゃあ、これも運命の出会いになるかもしれませんね」

「なるんじゃなくて、してやるのさ」

牧之瀬の言葉に千賀が深くうなずいた。

†††

若宮はサガミ銀行に転職して三カ月後、融資部の遊軍から審査部門の担当次長に配置転換された。助走期間を終え、本格始動といったところである。

最初の大名行列以降、頭取から声を掛けられることはなく、若宮に対する行内の目も落ち着いてきた。今は融資部を覗きに来るものもいない。


若宮は自席に座り、川崎市内の支店から送られてきたゼネコンの孫請けのさらに下請けの内装工事会社の稟議書に目を通していた。元請のコスト削減要請で経営は厳しく、支援融資を申し込んできた。支店長の作成した意見書は五枚にも及んでおり、何とか会社を支えたいと必死になっている姿が伝わってきた。やよい銀行であれば意見書は部下に書かせ、せいぜい一枚、いや一〇行で済ませるだろう。そもそも、その前に門前払いかもしれない。

ふいに左腕の傷跡が疼く。俺を襲った社長はどうしているだろうか。当時は対応を部下任せにしたが、今思えば、支店長の俺がとことん話を聞くなり、もう少し寄り添ってもよかったのではないか。倒産は免れなかったかもしれないが、社長が犯罪者にはならなかったであろう。責任の一端は俺にもある。

あの事件がなければ、今ごろ俺はやよい銀行で何をしていただろうか。どこまで上に行けただろうか。いや、もうよそう。これからの俺の生きていく場所はここ、サガミ銀行なのだ。

若宮は内装工事会社の稟議書に可決の印鑑を押した。

支店からの稟議書を審査する立場となり、最初はやよい銀行との取引先の違いに戸惑ったものだ。

やよい銀行は安藤銀行ほか二行が合併して発足したメガバンクである。その取引先企業といえば、旧安藤財閥の流れをくむ名門企業をはじめ日本を代表する大手上場企業を中心としていた。もちろん中小企業をまったく相手にしないわけではないが、中小企業の中でも中の上以上が大半である。数少ない小規模零細企業の取引先にいたっては「当行が付き合ってやっている」という感覚であった。若宮を襲った社長の会社もその一社である。

一方でサガミ銀行の取引先は財閥系名門企業、大手上場企業ともに皆無で、中小企業、小規模零細企業、そして一般個人が中心であった。中小零細企業の融資リスクの高い層は、銀行にとって金利面ではうまみがある。優良企業への貸出金利は自ずと低いが、融資リスクの高い層の金利は高くつけられる。

個人の取引先もやよいでは企業オーナーや一公務員、大手企業の従業員や医者、弁護士など社会的に信頼度の高い属性、もしくは古くからの大地主であった。

それに対してサガミ銀行は個人の取引基盤も弱い。サガミではその弱点をカバーすべく、現頭取・副頭取体制になってからインターネットバンキングに力を入れ、全国各地の個人取引先を増やしていった。

若宮が審査部門の担当次長となり、驚いたことがもう一つあった。それは投資用不動産向けの融資案件が多いことである。やよいでも取引先の地主が土地資産の有効活用、もしくは相続税対策でアパートやマンション、賃貸ビルを建設する際に融資を行うことは多々あった。サガミでは、一般サラリーマンが行うアパート・マンションの一棟買いの融資が多い。その多くは、不動産業者、ディベロッパーの紹介案件である。これも地主への融資よりもリスクが高い半面、金利が取れる。

メガバンクでは手を出さないようなリスクの高い取引先への高金利の融資、それが金融庁が一目置くサガミ銀行の高い利益率の要因であった。

若宮は戸惑いながらも理解していた。確かにサガミが生き残っていくためには、メガが手を出さない、出しにくい領域でやっていくしかない。

だから横浜みなとみらい支店からシェアハウス『お菓子の家』という聞きなれない投資物件への融資稟議書が届いたときも、自分なりにシェアハウスについて調査し、支店の実地調査の有無も確認し、立地条件、申込人の属性も問題なしと判断して可決した。心の片隅にある〝古巣ならこんな案件やらないな〟という思いは押し込めた。みなとみらいの澤部支店長は朝岡グループの一員だと知ってもいたが、私情を挟むことはなかった。

その後もハッピーデイズという新興不動産業者が扱う『お菓子の家』の融資案件が次々と送られてきた。そんなに入居者が集まるのか、ニーズがあるのかという疑問もわいたが、既存物件の入居率は上々ですという支店長の言葉と会社が提出してきた入居状況の資料を出されると、そうですかと応じるしかなかった。

しかし、ある日を境に案件の質が目に見えて落ち始めた。立地条件や属性が従来よりも一段、二段下がったのだ。それらは支店とやりとりしなんとかギリギリ可決したが、今日届いた案件はさすがに可決するわけにはいかなかった。

若宮は短縮ダイヤルで横浜みなとみらい支店に電話し「支店長を」といった。

澤部が電話に出て儀礼的なあいさつを交わしたあと、若宮はさっそく切り出す。

「今日届いた町田の駅から三〇分の『お菓子の家』の案件、さすがにこれはないでしょう」

「何がですか」

澤部はわかっていてあえて質問した。

「属性が悪すぎます」

「具体的には」

「職業を貶《けな》すつもりはないが、六〇代の掃除婦のパートに七〇〇〇万円の融資はないでしょう。しかもすでに東京平和銀行で一億借りている」

「一棟目は順調に回っているようですよ」

「ではなぜ、東京平和銀行に預金が五〇万円しかないのですか。おかしいですよ」

サガミ銀行では、融資申込人の資産背景を疎明する資料として、自行の預金取引明細とともに、他行の預金通帳のコピーを稟議書に添えることになっていた。担当者が通帳の現物を確認し、申込人の了解を得てコピーを取る。掃除婦の女性はまだサガミ銀行で預金通帳を作成しておらず、東京平和の通帳のコピーだけが添付してあった。

「いろいろと事情があるようで」

「いろいろとは」

「生活費とか、ですかね。あのね次長さん、おっしゃる趣旨はわかりますよ。でも不動産融資というのは人に貸すというより、物件に貸すという側面もありますのでね」

「物件に貸すという考え方を否定はしません。実際に担保にするわけですし。だが、物件だって明らかに悪い。ハッピーデイズがこの人に一棟目はいい物件をあてがい、二棟目は買い手のつかない不良物件をあてがったということなんじゃないですか。その融資をうちに回してきた」

「当行の収益に貢献してくれている会社に対して何てことを言うんですか。あなたの給料の何パーセントかはハッピーデイズのおかげででているんですよ」

「言葉が過ぎたかもしれません。しかし、投資物件を扱う業者には少なからずあることです。いずれにしても、支店長、この案件は無理です。やめておきましょう」

「次長わかった、物件が若干よくないのは認めよう。だが、ハッピーデイズが家賃保証するんだ。ハッピーデイズは今までの案件の家賃保証をすべてきちんと履行している」

「家賃保証なんてあてになりませんよ。家賃保証を守れなかった他社の事例、支店長もご存知ですよね」

「次長、あなただってメガバンクで支店長を経験したみたいですからわかるでしょう。この案件を断ったら、ハッピーデイズから案件が回ってこなくなるかもしれない。そうなったらうちの支店、どうしてくれるんだ」

泣き脅しできたか。そんなときにどの銀行の審査担当者でも使う決まり文句がある。

「そこを何とかするのが支店長の仕事でしょう。それではこれで」

「待て、待ってくれ。この案件だけは何とか通してくれないか。これからは気を付けるから頼む」

この件だけは、というのは苦しいときの支店長の常套句である。

「属性、物件、どちらかが悪くても、どちらかがそこそこなら可決します。実際今までそうしてきたはずです。だがこれは両方が悪い。この案件は否決です」

「おい、待て、待ってくれ」

「いつまで話しても時間の無駄です。申し訳ありませんが失礼します」

若宮は静かに受話器を置き、心配そうにこちらを見ていた大仏様に顛末を報告した。融資部長は若宮の目を見つめて言った。

「そうですか。君がそう判断するなら否決で結構です。ただね、支店で一所懸命やっている支店長の気持ちもわかってやってください。失礼、君も支店長経験者でしたね」

若宮も銀行支店長の多くがそうするように、やよい銀行本郷支店長のとき、融資部に駆け込んで年上の審査責任者に喰ってかかったことがある。現場の苦労をわからないのかと罵声を浴びせた。相手は現場に嫌われてこそ審査マンとして一人前なんだよと答えた。今、若宮はその言葉をかみしめていた。

「くそったれ」

澤部は一方的に切られた電話の受話器を叩きつけた。頑な若宮を無視して融資部長に直談判するか、朝岡にどうにかしてくれと泣きつくか。

取引業者のハッピーデイズがなぜ銀行員にキックバックを渡すのか。それは本来は貸せない案件に融資を出させるためだ。

最初はいい案件を持っていき、お車代と称して少額のカネを渡す。無理な案件ではないので銀行員はガードが甘くなり、単なるお礼として受け取る。最初は一万円、それが三万円、五万円となり、最終的に一〇万円となる。既成事実を作っておいて、後から本来の目的を達成するため無理な案件を持ち込む。彼らはいい案件であろうが悪い案件であろうが、銀行が融資を出してくれて投資家に物件さえ売ってしまえば、その時点で利益が確定するのだ。

キックバックを受け取っておきながら、貸せないとなれば、牧之瀬社長はどんな行動に出るだろうか。

澤部はこの案件が持ち込まれた日のことを思い出した。案件を持ってきたのは、ハッピーデイズの千賀と庄司だった。担当者の清水を交えた面会で千賀は「この案件は、結構難しいかもしれません。もし、無理だったらご遠慮なく早めにお知らせくださいね」と言っていた。千賀もああ言っていたからには、東京平和なら融資できる可能性があるのだろう。今まで澤部のもとに持ち込まれた案件は、採択が微妙な案件も融資部を説得しすべて対応している。断るのは初めてだ。一件くらいなら社長も許してくれるのではないか。

翌日、澤部はハッピーデイズ社長室で牧之瀬に面会した。今回の案件は力及ばずで申し訳ありません、と頭を下げ報告すると牧之瀬はあっさりとそうですかと言い、隣にいた千賀にこの案件は東京平和に回してくれと告げた。

やっぱり社長も許してくれたか。安堵の表情を浮かべた澤部に牧之瀬が語りかける。

「今回の案件は結構です。ところで」

「はい」

「一つサガミ銀行さんの手続きについて改善をお願いしたいことがありましてね」

「なんでしょうか。何か不都合がございましたか」

澤部は身構えた。案件を回してもらえなくなるのは困る。

「サガミさんのローン審査の手続きは他行と比べていささか厳格にすぎる部分がある」

「そうでしょうか」

「たとえば、申込人の預金通帳を担当者の方が原本を確認することになっていますよね」

「はい。原本を確認して、コピーを取らせていただいています」

牧之瀬は気軽な調子で言った。

「あれ、最初からコピーをお宅に渡せばいいでしょう。東京平和はそうですよ」

「はあ、しかし、銀行の規程を変えるとなると私には…」

「なあに、お宅らのオヤジさんに頼んだらいいじゃないですか」

朝岡のことが話に出ても澤部にもう驚きはなかった。

「コピーでオッケーなら、今回の案件だって通せたんじゃないですかね」

まさか預金通帳の改竄をするのか？　それが牧之瀬の狙いだったのだ。澤部に拒否する選択肢はなかった。


朝岡は営業推進部の一番奥にある自席で各店の営業実績速報を眺めていた。今月も渋谷支店と横浜みなとみらい支店がトップを競っている。澤部が尾風とここまで競り合うとは朝岡にも予想外の展開であった。

澤部は自分の部下になったことがなかったし、実力を評価していたわけでもない。サガミには数少ない修平大学の後輩であり、子分は多いほうがいいという朝岡の考えから朝岡会の末席に加えていただけだった。尾風がレコルト社の件で急に人事部付となり、後任に誰を押し込むかと考えたとき、前任店で三年目を迎えちょうど異動の時期だった澤部が思い浮かんだ。横浜みなとみらい支店の支店長の座は、朝岡会で確保しておきたい。ただ、朝岡会の中から推薦するにしても尾風と同じタイプを据えるのは人事部やその上にいる副頭取も難色を示すだろう。しかし、澤部タイプであれば彼らを説得しやすかった。みなとみらい支店の業績は尾風に鍛えられた部下たちがなんとかするだろう。澤部がだめなら一年で変えればいい。念のため尾風には澤部をフォローするように指示した。

そのような経緯で澤部を支店長に就かせたのだが、澤部はみなとみらい支店に着任すると、尾風時代に勝るとも劣らない成績をあげた。朝岡会の会合で会うたびに澤部の顔つきが変わっていくのがわかった。最近は澤部が尾風を上回る月もある。最初は俺の指導が効いたみたいです、と余裕を見せていた尾風ですら、尻に火がついて以前にも増して部下に厳しい指導をしているらしい。いい循環だ。あの澤部がここまでやっているんだぞ、と他の支店長にも発破をかけることができる。子分同士が競い合って実績をあげれば、朝岡の銀行での存在感、発言力もますます大きくなる。

朝岡のデスクの上に置いてあるスマートフォンが震えた。澤部からである。

「おう、どうした」

「オヤジさん、これから会えませんか」

切迫感が伝わってくる。時計を見ると午後三時を指していた。

「何時に来る」

「今、品川なので、そちらに四時にはうかがえます」

品川？　あいつどこかに寄っていたな。

「わかった。四時だな」

四時五分前になり澤部が営業推進部のフロアに姿を表すと朝岡は黙って会議室のほうを指さした。

会議室の椅子に腰を下ろした澤部は随分と思いつめた表情をしている。

「どうした。何があった」

「あの、実は……」

「いいから早く言え」

「ローンの関係でオヤジさんのお力をお借りしたいのです」

ローンの申込みの際に、他行の通帳の原本確認をなくし、コピーの提出で可と規程を変えるよう融資部に働きかけて欲しいと言われたときは、澤部の思いつめた表情とその簡単すぎる頼み事のギャップにいささか拍子抜けした。お前、なんでそんなことをと問うと、ハッピーデイズからの要請ですという。ハッピーデイズのことは朝岡会の中でも澤部がいい客を掴んだと話題になっていた。

ハッピーデイズの意図は何だ。澤部の態度を見る限り、単に原本確認など面倒なことはやめてくれといっているのではないのは明白だった。澤部はコピーで可になれば、もっと数字を伸ばせますという。そうかなるほど、これ以上俺は聞かないほうがいい。

「わかった、何とかしてやる」

澤部はほっとした表情を浮かべ帰って行った。

朝岡は自席に戻り思案した。澤部は尾風のように根っからの悪党ではない。元来小心者の男だ。いざとなったら切り捨てるが、まだ使い道はあるだろう。

澤部の頼み事はどうするか。この程度の細かい規程を融資部に変えさせるのは簡単だ。しかし、仮にその変更が後々問題になったときが厄介である。言い出しっぺの俺に火の粉が降りかからないとも限らない。規程変更の大義名分と共同の意思決定者が欲しい。

まてよ、と朝岡はパソコンに向かい通達一覧のページをクリックした。業務改善委員会事務局が一週間前に発した通達を探し出し、次回会合が三日後であることを確認する。業務改善委員会は銀行全体の業務改善を進めるために設けられている委員会で、委員は各部の部長であった。これだ。

三日後、委員会が開かれた。

「それでは次のご提案は『ローン審査の手続き簡素化について』です。提案者の朝岡営業推進部長よりご提案内容のご説明をお願いいたします」

司会者が告げると朝岡が立ち上がり、委員の面々に仰々しい説明を始めた。

「私の提案は営業現場の業務負担軽減とコスト削減、加えて顧客満足度の向上に資する提案です。現状当行の融資規程では、投資物件の取得を目的としたローンについて、資産背景のエビデンス資料として他行通帳の原本を支店行員が確認し、顧客了承を得たうえでコピーを取り稟議書に添付することになっております。この規程について、他行の通帳の原本確認をなくし顧客より提出されたコピーの添付で可と規程を変更することをご提案いたします。他行通帳を確認する時間、コピーを取る時間、コピー用紙代、すべて一件一件は微々たるものですが、ちりも積もれば山となるです。また、私の調べたところ、他行で通帳の原本を確認するなどやっているところはありません。何よりも当行がお客様を疑っているようで非常に評判が悪いと現場から聞いております。融資部長にお伺いしたい。いつからなぜこのような規程になったのでしょうか」

大仏様が天井を見ながら答える。

「はて、どうだったでしょうか。昔からそうだったのであまり考えたこともありませんね」

待ってましたとばかりに朝岡が続ける。

「いつから、誰が、なんのために始めたのか判然としない、意味の薄い決まり事をなんの疑いも持たず、惰性で続けるのは組織として怠慢であると考えます。ぜひとも、ご採用をお願い申し上げます」

司会者が採決を取ると、全員が賛成に手を挙げた。

「では全会一致で採用とさせていただきます」

牧之瀬が仕掛け、澤部が取り次ぎ、朝岡が実現に動き、部長全員で決裁した、この一見何でもないような小さな提案の採用が、サガミ銀行を窮地に追い込んでいくのであった。


業務改善委員会が終了し、自席に戻った大仏様に若宮が尋ねた。

「何か融資がらみで決まった話はありますか」

「ああ、通帳の原本確認がなくなり、コピー提出でいいことになりました」

「そう、ですか」

若宮はサガミ銀行のその規程を知ったとき、意外に厳格にしているんだなと感心したものだ。やよい銀行では他行通帳は余程のことがない限り原本どころかコピーも徴収していなかった。

「ちなみにどなたの提案ですか」

「営業推進部長ですよ」

提案者が朝岡と聞き、若宮は胸騒ぎを覚えた。

第三章　サガミ銀行　渋谷支店

吉永隼斗《はやと》は息を切らせて歩道橋の階段を下りた。早歩きのまま腕時計に目をやる。約束の時間まで五分少しだ。緩やかな坂の左手に目的のホテルが見えてきた。地上四一階の高層ホテルは能楽堂もある渋谷屈指のラグジュアリーホテルである。渋谷駅から五分の距離でありながら周囲に視界を遮るものがなく、客室からは昼は富士山のなだらかなシルエットが、夜は色とりどりの宝石を散りばめたような夜景が満喫できる。

吉永はロビー中央に飾ってある大きな花のオブジェに姿を隠すようにして、庭園が見えるガラス張りのラウンジをのぞいた。入り口から一番離れている窓側のソファ席に男女が座っている。女性のほうは三〇代半ばくらい、男性のほうは吉永もよく知っている人物で、二七歳、同い年だ。書類らしきものを女が記入している。終わった。男がうなずくのを見届けると、吉永はラウンジに向かった。時間ちょうど。いつもながらヒロシの時間厳守ぶりには感心する。

「はじめまして、サガミ銀行渋谷支店営業課の吉永隼斗でございます」

吉永はとびきりの営業スマイルで名刺を渡した。

「大野みゆきです」

女性の頬がみるみる紅色に染まっていく。吉永にとってはお決まりの反応だ。この後、相手は必ずこう言う。

「銀行員に全然見えないですね」

「お褒めいただいて光栄です」

当然だろ、と内心で毒づきながら笑顔で応じる。

「でも、ヒロシさんの足元にも及びません」

「うふ」

大野みゆきは隣のスーツ姿の男性をうっとりと見つめた。

ヒロシは切れ長の二重、濃くて一直線に長く伸びた眉、キュッと引き締まった口元の持ち主で、吉永の女性の母性本能を刺激するどこか頼りなげな優しい雰囲気と対照的に、意志の強さを感じさせる凛々しい顔立ちをしている。ジム通いのおかげで筋肉がほどよくついた引き締まった体をしていた。吉永をアイドルとすれば、ヒロシは若手実力派俳優といったところだ。

吉永は必要書類をテーブルの上に並べた。

「では、ローン契約における最終確認をさせていただきます。資金使途は投資用ワンルームマンションのご購入資金ですね」

「はい」

大野みゆきはヒロシに向かって顔をほころばせた。

「二人の将来のために、よね」

「素敵なお話ですね」

やれやれ能天気な女だな、と吉永は思う。

「金額が二三〇〇万円、金利が三・四パーセントで…」

必要事項の確認とコンプライアンスに関する説明、本人意思確認もスムーズに進んだ。

「では、契約書類にご署名、ご捺印をお願いいたします」

すべての書類に印鑑を押し終えたところで、大野みゆきはヒロシの顔を見た。

「いい物件を紹介してくれてありがとう」

「気に入ってくれて嬉しいな」とヒロシは薄い唇に笑みを浮かべた。「みゆきさんのためだから、とっておきの物件を紹介したんだ」

同じセリフを二週間前にも吉永は聞いた記憶がある。別の女の名前で。

「じゃあ、融資の実行は明日の朝一番にやっておきます」

吉永は深々とお辞儀をした。

「このたびは、ありがとうございました」

渋谷駅ハチ公口からスクランブル交差点を渡り、公園通りを数分歩いた右手にサガミ銀行渋谷支店が入居しているビルがある。八階建てのビルの一階から三階までをサガミ銀行で賃借し、一階がＡＴＭコーナーと預金や振込、税金などの窓口、二階が営業課と融資課のフロア、三階が会議室と休憩室、女性行員の更衣室となっていた。銀行店舗の作りとしてはごく一般的なものである。以前は四階も社員食堂として借りていたが、多くの銀行がそうであるように、経費削減のため社員食堂は廃止、昼食は各自で手配することとなった。手作り弁当を持ってくる者もいれば近隣のファストフード店のテイクアウトやコンビニ弁当で済ます者、カフェやラーメン店の常連になる者などさまざまであった。

渋谷支店はサガミ銀行の中でも、東京支店、新宿支店、横浜支店、川崎支店などと並ぶ最上位ランクの支店である。銀行の支店を評価する経営指標にはさまざまあるが、もっとも基本的なものは預金量と融資量である。一般的に住宅地店舗では預金を集めることが主な仕事となり、オフィス街、商業地の店舗は融資を増やすことが求められる。渋谷支店もその立地特性から、融資量を増やすことが銀行から与えられている使命、ミッションであった。

渋谷支店の取引先は、渋谷・原宿エリアのファッション関係の小売店や各種飲食店、雑居ビルの店子である小規模オフィスやネイルサロン、病院、歯科医院、そしてそれらに店舗を賃貸している不動産オーナーなど多岐にわたる。

競合行はメガバンクはもちろんのこと、個人富裕層を取引先とする信託銀行、近隣各県の地方銀行、地元に密着している信用金庫も侮れない存在であり、まさに金融激戦地である。

サガミ銀行渋谷支店が営業推進上、現在特に力を入れているのが、一件当たりの融資量が大きくなる不動産関連融資と、昨今の低金利時代でも八％近い金利の取れる個人向けフリーローンであった。

支店の総人員は尾風支店長以下正行員、パート職員含め総勢三〇名。営業課は課長二名、課員八名の一〇名体制であり、サガミ銀行の中でも成績優秀者もしくは、それが期待できる人材が配置されていた。

夕方、吉永の携帯が鳴った。ヒロシからだった。

「入金確認したよ。ありがとう」

「こちらこそ、当行をいつもご利用いただいてありがとうございます」

周囲に行員たちがいるので、他人行儀を崩さないほうが賢明である。

「お礼を渡したいんだけど、今夜空いているかな」

「お気遣いありがとうございます。お客様のご希望に添えるかと存じます」

「じゃあ、いつもの円山町の『クラブ・ハンニバル』に一九時で」

「かしこまりました。お目にかかるのを楽しみにしております」

終業後、店を出た吉永はスクランブル交差点に差し掛かったところで、渋谷駅には向かわず、右手に進んでセンター街の入り口を通り過ぎ、１０９の左手から道玄坂に入った。五、六分ほどゆるやかな坂を進んで、交番前の交差点を右折して円山町界隈に入る。何十というラブホテルやキャバクラ、クラブが営業する渋谷地区の歓楽街だ。

『クラブ・ハンニバル』の入り口はわかりにくい。小さな木の扉を開けると洞窟のような吹き抜けの空間が眼下に広がる。暗く、ろうそくの点いた大きなシャンデリアの影がゆらめく石の狭い階段を降りた地下一階がバーだ。片方の壁全体にプロジェクションマッピングによる海底の眺めが広がり、青い波の下でマンタや亀が優雅に泳いでいる。さらにエレベーターに乗り地下二階で扉が開けば、音と光と興奮に満ちたダンスフロアが広がる。ダンスフロア内には、DJブースとカクテルバー、ラウンジスペースが設けられている。ここのラウンジも豪華な内装だが、赤いベルベットのカーテンの仕切りの向こうにあるVIPルームはより刺激的だ。美しい容姿の外国人女性が、ほんの申し訳程度の布切れを身に付けてフロアを優雅に歩いている。日本人も何人かいた。全員がモデルや女優の卵だという。シャンパンのボトルを頼めば、豊かな胸の先に星印のシールを貼っただけのハイレグ女性が栓を開けてくれる。

吉永はエレベーターを降りて、赤いカーテンへまっすぐ歩いた。すっかり顔なじみになったマネージャーが何も言わずにカーテンを開けてくれる。

「よう、待っていたよ」ヒロシがいつものテーブルから手をふった。

「大野みゆきは一緒じゃないのか」吉永はにやにやしながら周りを見回す。

「かんべんしてくれよ」

ヒロシが辟易した顔をする。

「もうあの女とはフェードアウト。契約書に印鑑を押したら用済みさ。そうだ、これ、いつもの」

ヒロシが封筒を吉永に渡した。今回の契約の吉永の取り分だ。

サービスの女性が魅力的な尻を振りながらテーブルにやってきた。

「シャンパンになさいますか」

「もう、飽きたよ」

吉永は素っ気なく答えた。

「では詐欺師のワインはいかがですか」とマネージャーの男性が言った。

「何だい、それ」

「ちょっと前にアメリカで話題になった偽造ワイン事件に絡んだ品物です」

事件を起こしたのは中国系インドネシア人の青年だ。ワイン漫画の主人公を彷彿させる繊細な舌と的確な表現力を持った彼は「臭いをかぎわける鼻を持つ猟犬」との異名で高級ワイン業界に彗星のごとく登場した。そんな彼が才能を駆使して作り上げたのが高級偽造ワインだ。安物のワインに醤油やハーブの香りをまぜて本物の香りを作り出す。誰一人見破る人間はいなかった。有名なワイン評論家やハリウッドスターたちまで彼を讃えた。ボトルに貼るラベルのヴィンテージの年を間違えるという単純なミスを犯すまでは。

「その男の偽造工場から押収されたワインが競売に出されたんですよ」

さすがはアメリカである。偽造ワインを偽造として売り、買い手もそれをわかって金を出す。

マネージャーはロマネ・コンティ2000年と記されているラベルを見せた。本物なら二〇〇万円以上する。

「味は？」

「コンティ愛好家のお客様が衝撃を受けていました」

そこまで才能のある男が、若さにも恵まれて、なぜ法的なリスクを冒してまで偽造ワインに手を染めたのだろう。いくらでも違うやり方で金を稼ぐことはできたはずである。だが、吉永とヒロシは青年の心情を痛いほど理解した。ゲームの魅力に取りつかれてしまったのだ。人は欲張りな生き物である。楽して金を儲けたい、有名になりたい、見栄を張りたい、結婚したい、出世したいなどなど四六時中、脳みそは「〇〇したい」とつぶやいている。マスコミもあおってくる。そして、いつかチャンスの神さまが現れてくれるとポジティブに信じている。自分の前だけに。そんな夢見がちな人間を騙すゲームには、麻薬のような癖になる心地よさがある。

吉永はボトルを注文した。

グラスに注がれたワインは深いルビー色で、部屋中に甘い麝香の香りが広がった。以前、取引先の社長にロマネ・コンティを飲ませてもらったことがあるが、想像していたよりも香りの立ち方が少なく平凡な印象だった。さすが希代の詐欺師のワインだけあって本物より本物らしい。

「じゃ、乾杯しよう」

二人はグラスを掲げた。

「『狩人』のために」

吉永隼斗とヒロシは代々木大学の同窓生で、イベントサークル「狩人」、いわゆるイベサーのメンバーだった。パーティーやダンス等のイベントやセミナーを主催して、参加者を募る。集客がうまくいけば参加費収入が増えてかなりの利益を手にできる。学生のお遊び程度だと思われがちだが、一回のイベントで数百万円の収益を獲得する場合もある。サークルの月会費は二、三万円と高額で、集客のノルマが課せられ、ノルマを達成できない場合は自腹で埋めることもある一方で、参加者を集めれば高額の報酬が配分されるため、月に数十万円を稼ぐ学生も存在している。繁華街の呼び込みにも似たシステムで、集客とメンバーの新規勧誘を上手に行えばそれなりの金儲けになる。

利益の配分はピラミッドの上へ行けば行くほど高くなるが、会長やリーダーと呼ばれるトップに上り詰めるためには、組織の利益への貢献が必要だ。つまり多くの参加者と新規メンバーの勧誘を達成しなければならない。

イベサー「狩人」のリーダーに吉永が就任したのは三年生のときだった。春の新入生の勧誘でめざましい成功を収めたのが決め手となった。吉永は勧誘の時期を従来の「入学式」ではなく「入学前」にした。「SNSを調べろ。〝代々木大学に合格〟や〝春から代々木大学〟と書いてある女子を狙うんだ」と吉永はメンバーに指示した。

その子が地方出身で、東京に憧れているような書き込みをしているならAランクのターゲットにして、つながりを呼びかける。世間知らずな地方の彼女たちは「狩人」への憧れを募らせて、入学式を終えたら即勧誘ブースへ直行してくれる。イケメンを三、四人配置しておけば間違いなく入会する。

吉永はトップ就任後、「狩人」にチーム制を導入した。メンバーをグループ分けして、チームごとの集客や新規勧誘を競わせるのだ。チーム間でも、そのメンバー内でも競争心をあおった結果、「狩人」の利益は右肩上がりに伸びていった。

イベサーの幹部はあまり就職活動をしないと言われている。イベサーの顧問的な立場で上納金を懐に入れるか、自分でビジネスをはじめるケースが多い。しかし、吉永はまじめに就職活動をした。金と人脈があれば大きく稼げる。だったら金を押さえている銀行に勤めてみたら面白いんじゃないかと思った。サガミ銀行を選んだのは、コーポレート・スローガンの「夢の実現応援隊」が気に入ったからだ。夢は欲望だ。吉永の経験では欲望のあるところに金を稼ぐチャンスの芽がある。

入行して二、三年は業務と勉強に励んだ。銀行の学びは金融、財務、経営、不動産、税務、法務と社会の仕組みに直結するので面白い。四年目、吉永はヒロシに連絡を取った。その頃ヒロシは不動産会社で営業をしていた。

「昔のように女の子たちの憧れや夢を実現してやらないか」

吉永は婚活パーティーを使ったシステムを立案して、ヒロシが実行役となった。

婚活パーティーに参加するとき、ヒロシは必ず三〇分遅れて到着することにしている。そうすると会場に足を踏み入れた途端に注目を浴びて、見た目のよい容姿を見せつけることができる算段だ。その時間になれば男女とも互いの値踏みの第一段階は終わっていて、たいていの場合はうっすらと白けた雰囲気が漂っている。「結婚相手は中身を重視する」との意見も聞くが、男も女も本音は「見た目を重視する」である。もしかすると一割くらいは中身重視かもしれないが、そういう女性はヒロシのターゲットにはならない。

一九時半にヒロシは表参道の会場に到着した。表参道ヒルズの裏の細い坂道を上ったところに佇む白亜の洋館は、つるバラと緑に囲まれていかにも女性が好きそうだ。ウェディングでも人気が高いという。レンタルスペースや居酒屋で開催される婚活パーティーもあるが、ヒロシが参加するのは場所も会費も高いパーティーのみだ。そのほうが収入の高い女性に遭遇する確率が上がる。

エントランスから庭を通り抜け白い階段を上る。入り口の白い扉を開くと右手に受付ブースがあった。

「会場の様子はどう？」

受付の女性はヒロシにメモを渡した。

「九番、一七番、三八番が候補かな。全員が上場企業勤めで正社員。一七番のみ地方出身で一人暮らしよ」

「じゃあ、一七番に決まりだな」

「了解」と彼女はうなずいた。「登録情報をスマホにすぐ送る。趣味とか確認しておいて」

ヒロシはエレベーターのほうに歩いていった。ジャケットの胸ポケットのスマートフォンが振動する。もう情報を送ってくれたらしい。

「ありがとさん」とエレベーターに乗る直前にヒロシは手で合図した。

ヒロシが遅れてパーティー会場に入ると、目論見は当たり、参加者たちの羨望と嫉妬の混ざった視線を集めた。何人かの女性が積極的に声を掛けてくる。軽く受け答えしながらも、ヒロシの目は獲物の居所を探し求めた。

一七番の女性―カスミ―はバルコニーに出る大きな窓辺に立っていた。細身で、ツヤのある手入れされたロングヘアの持ち主で、美人の部類に入ると判断してヒロシは内心でほくそえんだ。まあまあ見栄えのいい女性はうぬぼれが高くお世辞に弱い。一方で、平均以下のタイプは警戒心が強く面倒だし、一級品は男性からほめられるのに慣れている。狙い目は「ちょっと」美人の女性である。

ヒロシはグラスを片手にそっと窓辺に近づくと、ドシンとカスミにぶつかった。衝撃でグラスの中身がカスミのスカートにこぼれてしまった。

「すみません」

ヒロシは急いでハンカチを取りだして、床に片膝をついてスカートを拭いた。

「あの、大丈夫です」

「いいえ、大変申し訳ないことをしてしまいました」

ヒロシが顔を上げると、カスミは頬をみるみる赤く染めた。お決まりの反応である。第一関門クリアと胸の中でつぶやきながら、ヒロシは次に挑んだ。

「こんな失礼なことを仕出かしてしまって、何て謝ったらいいか」

「本当に、大丈夫ですから」

カスミは周囲の視線を気にしながら言った。

「どうか立ち上がってください」

「ありがとうございます」

立ち上がった男をカスミはうっとりした表情で見つめた。

「背が高いんですね」

「でくのうぼうで、ヘマばかりです」とヒロシは照れたように笑った。「こんなんだから、結婚相手も見つかりません」

「そんなはずないでしょう」とカスミは笑った。「だって、とても素敵ですよ」

言った途端、カスミは後悔した。女から言うセリフではなかった。けれど相手は気にする様子も見せず、にっこりと笑った。

「よかったら会場を抜け出しませんか」

「えっ」

カスミの胸の鼓動が早まった。

「この近くに夜遅くまでやっているクリーニング店があるんです。青山や原宿のファッションブランドの仕事を請け負っていますから、腕は確かです」

「でも…」

「桜色のレースのスカート、本当に似合っていて素敵です」

カスミは頬がふたたび赤くなるのを感じながら、目の前のハンサムな男の言葉を聞いた。

「必ず元通りにしますから、僕を信じて一緒に来てくれませんか」

相手があまりにも真剣な表情で言うので、行ってやらないと悪い気がした。

「それじゃあ、お言葉に甘えて」

カスミはうなずいた。


表参道ヒルズ前の道路で信号待ちをしていると、彼がじっとカスミの顔を見つめた。

「何?」

「まだ自己紹介していなかったね」

「そうね」

カスミはくすくす笑った。

「カスミです。あなたは?」

「ヒロシです」と答えて、彼は右手を差しだした。

「よろしく」

カスミはおずおずと手を握った。すると、ヒロシが「あっ」と大きな声を出した。

「信号がとっくに青になってる。急ごう」

カスミの右手をヒロシは左手で握り替え、そのまま交差点を走った。

「よかった。ここの信号って逃すと待たされるんだ」

ヒロシはカスミの顔に振り返り、ハッとして弾かれたように握った手を離した。

「ごめん、夢中になっていて」

「いいの、全然平気だから」

カスミは首を大げさに振った。嘘である。胸が早鐘を打っていて落ち着かない。夜の暗さのおかげで顔を赤らめているのに気づかれないようにと祈った。

明治神宮前の交差点近くにあるブルガリのところで左に曲がって、キャットストリートに入った。原宿から渋谷までの一キロに及ぶ小さな通り沿いに個性的なセレクトショップや古着店、人気のカフェなどが軒を並べている。とっくに終業時間は過ぎていて、低層のおしゃれなショップのガラス張りのショーウィンドーの照明が遊歩道をぼんやりと照らす。

「夜はそんなに人がいないのね」

「土日の昼間はすごいよね」とヒロシは笑った。

小径の至るところに緑が茂り、花のふくよかな香りが鼻をくすぐる。

「あ、ここ」とカスミは立ち止まった。

未来的なデザインの建物にスカイブルーの猫の絵が描かれている。

「ティファニーのカフェなんだけど、予約がまったく取れないの」

「ティファニーって、アクセサリーの？」

「そう。昔の映画で、ニューヨークのティファニー本店のウインドーの前で主演女優がクロワッサンを食べていたシーンがあるのだけど、それが食べられるんですって。あと、青いドーナツも」

「青の食べ物ってあまり受け付けないな」とヒロシは苦い表情をする。

「うーん、きっとティファニーのブルーだと可愛く見えるんだと思う」

なんだか恋人同士の会話みたい、とカスミは思った。

「そこまで言われると、僕も興味が湧くな」

ヒロシは遠慮がちにたずねた。

「今度、一緒にここのカフェに来れないかな」

カスミは一瞬ためらった。

「人気で二週間待ちなのよ」

「じゃあ、運だめしだ」とヒロシは楽しそうに言った。

「カスミさんと一緒に来れば、なんだか上手くいきそうな気がするんだ」

「うん。じゃあ、いつ？」とカスミは小声で言った。

「クリーニングができ上がったら連絡するよ。そのとき決めよう」

「行き当たりばったりね」

カスミはおかしそうに笑った。

「大丈夫さ。僕を信じてくれよ」

だって席はとっくに取ってあるんだから、とヒロシは心の中で笑っていた。表参道の婚活パーティー、グラスの飲み物をこぼす、クリーニング屋、キャットストリート、人気のカフェのすべてが決まった手順だ。今週の分も、来週の分も、ずっと先まで予約を手配してある。

クリーニング店でスカートの件を話すと、店員が困った顔をした。

「このくらいのシミなら簡単に落とせますが、お連れの方の着替えはどうしますか」

互いに顔を見合わせた。まったく考えていなかった。

「私、やっぱりいいです」

ヒロシは首を振った。

「僕、今からスカート調達してきます」

「そんな、悪いです」

「大丈夫です。すぐそこに、遅くまでやっているショップがあるんです」

「あそこなら有りそうですね」とクリーニング屋の店員が言った。

「だけど、やっぱり悪いもの」

「カスミさん、男って甘えてもらったほうが嬉しいんですよ」

カスミは胸が苦しくなった。今まで付き合った数少ない男性は「甘えさせてくれ」ばかりだった。

「本当にいいんですか」

「もちろんです」

ヒロシは微笑んでうなずいた。

「僕の責任ですから。サイズは?」

「Mでいいです」

十五分後、ヒロシが息を切らせながらクリーニング店に戻ったとき、なぜだかカスミは泣きたくなった。こんなに男性に優しくされた経験がなかったことに気がついたからだ。

日曜日の午前中、カスミは独り暮らしのマンションでテレビを観ていた。けれど、内容にまったく集中できない。どうしても楽しかったキャットストリートの夜の散歩が頭から離れない。

スマートフォンが鳴った。カスミはあわてて出た。

「美容に絶大の効果が期待できるコラーゲンの…」

カスミは電話をプツンと切った。

三〇代に入ってからというもの、こうした営業の電話が多くなった。サプリメント、エステ、痩身など、いったい相手はどこから情報を仕入れてくるのか。

「個人情報がもれているのね」とカスミはコーヒーをいれながら独り言を言った。「うちの会社も気をつけなくちゃ」

カスミは大手電機機器メーカーでカスタマーサポート部のグループリーダーをしていた。大学を卒業後、一般職で入社したものの、会社が女性活躍推進に取り組む方針を打ち出したのと、上司の推薦もあって総合職へ転換し、その後グループリーダーに昇格した。期待半分、不安半分であったが、今は失望が大半を占めている。会社は名門大企業にありがちな男社会で、総合職の男性はあからさまにカスミの存在を無視した。女性社員からも距離を置かれたり、陰口を言われたりと散々だ。

化粧室でこんな会話を聞いたことがある。

「あの女、部長に媚びを売って取り入っているのよ」

「そこまでして出世したいの？　ありえない」

「総合職になれば給料がぐっと増えるもの。グループリーダーで年収七〇〇万円は下らないって」

「でも、結婚は難しそう」

「言えてる」と女性たちの笑い声が響いた。「男は自分より収入の高い女を敬遠するもの」

カスミは仕事が好きで頑張ってきた。出世や給料なんかよりも、顧客や同僚の「ありがとう」が嬉しくて一生懸命やった。けれど、誰もそんな話に耳を傾けてはくれない。

カスタマーサポート部に配属になってからは毎日が憂鬱だった。会社は女性の管理職のほうが女性たちを上手にマネジメントできるだろうと考えたようだが、そんな甘い話はない。それどころか、派遣スタッフやパートタイマーの陰口と、使えないシニアの再雇用社員の傲慢ぶりが加わったことで、状況はますます悪化した。

もう限界だ。そう思ったとき、婚活パーティーのウェブ広告が目に入った。専業主婦になりたいな。優しい男性に守ってもらいたかった。もうずっと肩に力を入れて頑張ってきた気がする。誰かに頼りたかった。

スマートフォンがふたたび鳴った。カスミは画面を見て、あわてて電話に出た。

「もしもし」

「こんにちは、ヒロシです」

ようやくこの声が聞こえた。

「今、忙しいかな」

「ううん、全然。やることがなくて独りでテレビを観ていたところ」

「それはよかった」とヒロシの優しい声が笑った。「それなら午後、ティファニー・カフェに一緒に行きませんか」

カスミは冗談だと思った。あの店は完全予約制で二週間待ちなのはサイトで確認済みだ。

「電話してみたら、キャンセルでたまたま空席があったんだ」

「すごい。驚きだわ」

わざわざヒロシが電話をかけてくれたのが嬉しかった。

「三時のテーブルだから、待ち合わせは五分前にカフェでいいかな。それと、クリーニングを受け取っておくね」

「うん、ありがとう」

カスミが約束の時間にカフェ到着すると、建物の前で待っていたヒロシが手を振った。昼の明るい光の下でも彼の容姿は抜群だった。周りの女性たちがちらちら視線を向けている。

「水玉のワンピースも似合うね」

カスミは胸が高鳴るのを感じた。

カフェの店内は四方八方ブランドカラーである淡いブルーだらけだった。壁も椅子も天井もブルー、ブルー、ブルーで驚かされた。さすがハイジュエリーブランドだけあり上品な雰囲気は損なわれない。味も美味しく、サービスも親切だった。

会計のあとは出口までアクセサリーのショーケースを眺めてフロアをまわる設計になっている。ハート型のダイヤモンドのネックレスを見て、カスミは目を輝かせた。

「これ、女性にとっても人気があるのよ」

「品が良くて、愛らしい。カスミさんのイメージそのものだね」

ヒロシはメモに記した。

「きちんと記録しておかないといけないな」

カスミはこの言葉を心に刻んだ。

外に出ると夕暮れ時になっていた。二人は明治神宮前駅を目指して歩いた。

「カスミさんはどんな仕事をしているの」

ヒロシは知らぬふりをして尋ねた。

「パナシープ社でカスタマーサービス部に所属しているの」

「すごいな、大手じゃないか」

「毎日、上司に叱られ、部下にイライラさせられながら、コールセンターでお客様の苦情を聞いているわ」

「部下がいるっていうことは、管理職？」

「グループリーダーなの」

カスミは冗談めかしてつけ加えた。

「女性管理職なんて男の人は敬遠するかな」

「まさか」と言って、ヒロシは内心で舌なめずりした。

「仕事を頑張る女性は素晴らしいさ」

「そんなふうに言ってもらえると嬉しいわ」

「僕も嬉しいな」

ヒロシはにっこりした。いつもより高い物件を売ることに決めた。

キャットストリートが終わり、表参道通りを左に進むと、明治通りと交わる神宮前交差点が見えた。

「今度はこちらから質問させてね」とカスミが歩きながら言った。「どんなお仕事をなさっているんですか」

「営業をやっているんだ」とヒロシは答えた。

「業種は何？」

「夢や幸せを売る仕事だよ」

「うーん、何だろう」

カスミは首をかしげる。

「ヒントをちょうだい」

「今日は日曜日だけど、僕は有給休暇を取ったんだ」

「ということは、平日休みのお仕事ね」

「ピンポーン。さあ、何だと思う」

「不動産屋さん？」

相手に言わせるのがコツだ。

「当たり！」

「でも、有給を使ってしまっていいの」

「いいの、いいの。たまっている有給消化しろって会社がうるさいから」

「どんな物件を扱っているの。オフィス向け？　それとも個人向け？」

「僕は投資用物件が多いんだよ。聞いたことあるかい」

「投資用マンションとかアパートのことよね。お金持ちの人が買うんでしょ」

「いや、そんなことはないよ。今はサラリーマンやOLの人たちでも資産形成や将来の年金のために買っていく人が多いよ」

「そうなんだ」

「カスミさん、興味ある？ ま、ないよね」

ヒロシは素っ気ない口調で言った。

「そんなことない」と力が入った。ヒロシの仕事にまったく関心がないと思われたくなかった。

「買う人の気持ちって少しはわかるわ。やっぱり年金とか不安だもの」

「じゃ、今度、参考までにプランでも作ってみようか」

「そうね。ありがとう」

話をしているうちに明治神宮前駅についた。ヒロシは副都心線、カスミは千代田線だが、出会いの日と同じように、ヒロシは千代田線のホームまで送ってくれた。

カスミと別れたヒロシはA5サイズの黒手帳をカバンから出すと、挟んである地図を確認した。星印の場所が勤めている会社の子会社所有のワンルームマンションで、売れ残り物件を他社から安く仕入れている。

「カスミちゃんには、新宿御苑のマンションかな」


翌週と次の週に一度ずつ、二人は夕食をともにした。食事中はカスミが九割以上の話し手になっていたが、ヒロシがいかにも興味津々で話を聞いてくれるので、カスミは学生時代の思い出や、家族のこと、仕事の悩みを打ち明けていた。

その後、急にヒロシからの連絡が途絶えた。携帯に電話をしてみると留守電のメッセージが流れる。ヒロシはメールもSNSもやらない。面倒くさいのが理由だという。「大切な人とは会ってコミュニケーションしたいんだ」ともいった。

もう連絡がこないかもしれないと思い始めた頃、一〇日ぶりにヒロシから電話がきた。次の日曜日に大事な話があるから新宿御苑に来て欲しいという。

カスミは〝大事な話〟を聞きに日曜の午後、新宿御苑駅に降り立った。

待ち合わせ場所に着くと「君に見せたいものがあるんだ。喜んでくれるといいな」とヒロシが笑顔を浮かべた。

駅から甲州街道を新宿方面へワンブロック歩いて、左に曲がる。五〇メートルほど進んで、グレーの落ち着いた外観のマンションの前でヒロシは立ち止まった。

入り口はオートロック式で、ヒロシがポケットから取り出した電子キーを差し込むとドアが開き、二人で中に入る。エレベーターに乗り一二階建ての七階で降りた。

「ここだよ」

ヒロシは703号室の玄関のドアを開けた。

室内は天井が高く、北欧調のナチュラルな内装にまとめられている。

「この部屋は収納が充実しているんだ」

ヒロシはウォークインクローゼットと廊下収納を見せてくれた。その反対側にトイレとバスルームがあり、設備も新しくモデルルームのようだ。しかし中古物件だという。

「最近のリノベーション技術の進歩は目覚ましいからね。次はキッチンを見よう」

キッチンは対面式でカウンターが備えてあった。食器乾燥機や浄水器もついている。カウンターの向こうに一五平米ほどのスペースが広がり、バルコニーに続いていた。

「気に入ったかい」

「うん、まあ」

設備も充実していて、広くて、小綺麗で申し分ない。駅から三分と場所もいい。でも、カスミの心に引っ掛かることがある。二人で暮らすには狭すぎないだろうか。

「この部屋はワンルームだよ」とヒロシは言った。

「ひぇ、そうなの」

カスミは顔を真っ赤にした。早とちりが恥ずかしい。

「君のために一生懸命探したんだ」

「え、どうして？」

カスミの言葉にヒロシが意外そうな顔をした。

「前にマンション投資に興味があるって言ったよね」

「いや、あれは」

カスミは口ごもった。

「そうか。君は、調子を合わせていたんだね」

ヒロシの表情が固くなっていく。

「僕としたことが、すっかり本気にしてしまったよ」

「そんなことないわ」

カスミはとっさに嘘をついた。がっかりさせるのが嫌だった。

「マンション投資に興味があるのは本当よ。この物件、いくらなのかしら」

「無理しなくていいよ」

すねた物言いにカスミは微笑した。

「教えてよ。私のために一生懸命探してくれたのよね」

「三六〇〇万円」

カスミが近隣相場を調べれば二割ほど高いと気づくはずだ。

「この物件は駅から至近距離だし、新宿御苑も目と鼻の先で環境もいい。徒歩圏内で新宿の百貨店にも行けるし、おしゃれなカフェやレストランが充実している。マンションの外観も悪くないし、部屋もきれいで設備も整っている。入居者の募集に苦労しないだろうから、それなりの価格がつくんだ」

ヒロシは不動産投資では立地が大切だと説明した。

「価格だけ見てしまうと判断を誤ってしまう。入居者募集の容易さや売却時の資産価値も含めて検討しないといけない。といっても、最も肝心なのは家賃収入からローンの返済額を引いた額だけどね。マイナスになってしまったら困る」

ヒロシはカバンからタブレット端末を取り出した。

「年間収入を概算でいいから教えてもらえるかな」

「えーと、七〇〇万円くらい」

「さすが上場企業の管理職だね」

ヒロシはにっこりした。

「ローンはほぼ一〇〇%出るよ。カスミさんのような頼もしい女性と結婚すれば、男としては気持ちが楽になるだろうな」

ヒロシはタブレット端末にいくつか数字を入力すると、明るい顔を向けた。

「大丈夫、あくまで概算だけどマイナスにはならない」

「よかった」

でも、とすぐにカスミは顔を曇らせた。

「僕も最初は不安だったよ」

カスミは驚いた。

「あなたもマンションを持っているの」

「たった二部屋だけどね」

ヒロシは気軽な調子で言った。

「投資してよかったと思っている」

「私、深刻に考え過ぎていたのかな」

「ちょっと疲れてない？　飴でも食べようか」

大阪のおばちゃんみたいに、いつもカバンに袋ごと持ち歩いているという。

「あれ、どこいったかな」

しばらくカバンの中を探した。見つからず、仕方がなく中身をキッチンのカウンターに広げる。携帯、ハンカチ、ポケットティッシュ、財布、手帳、そして何かのチラシ。注意してみるとウェディングドレスを着たモデルたちが微笑むドレスショップのチラシだった。

ヒロシがあわててチラシをカバンに戻して、バツの悪そうな顔をした。

「渋谷の公園通りで配っていたんだ」

「見てもいい？」

チラシの写真には丸印や二重丸印がつけてある。

「いつでも」とヒロシが穏やかに言った。「いつでも、僕は、大切なカスミさんの将来のために真剣に考えているよ」

涙がカスミの目にあふれた。

「ありがとう。私、この物件を購入しようと思う」

†††

「あー、楽しくないな」

吉永隼斗は銀行のパソコンで個人別成績ランキングを確認した。今月も二位だった。ヒロシのおかげで月末には三六〇〇万円のアパート・マンションローンと、抱き合わせで四〇〇万円のフリーローンを実行できたにもかかわらずだ。一位は横浜みなとみらい支店の清水であった。ずっと自分がトップを維持してきたのに、この数カ月は清水が二位以下を大きく引き離している。

ふいにフロアに怒鳴り声が響いて、吉永はパソコンから顔を上げた。

「今月も未達だぞ。お前、ヤル気あるのか」

尾風支店長が厳しい形相で、水嶋奈保子を詰めていた。

「女だからって甘えているんだろう」

水嶋は懸命に首を振った。

「そんなことはありません」

「じゃあ、なんでこんな数字しか出せないんだ」

尾風は実績速報を水嶋の前にピシャリと叩きつけた。

「今月、渋谷支店が二位に甘んじたのは、お前が支店の足を引っ張ったからだ」

水嶋はうなだれた。

「大変、申し訳ありません」

「先月も同じことを聞いた」

尾風は大げさなため息をついた。

「自分の立場を自覚しろ。女性の外回り営業を増やすという経営陣の施策で、窓口係の成績優秀者から選ばれたんだろうが。お前に期待した俺は大まぬけだったよ」

女に営業なんかできない、というのが尾風の本音である。けれど責任感が強く、まじめな水嶋は深刻に受け止める。

「申し訳ございません」

涙を目にためて、ひたすら謝る。

「すべて私の力のなさです」

「力量不足なんだから、創意工夫しろ」

尾風はうんざりした口調で言った。

「たとえばだな、客の前でシャツをはだけて胸を見せるとか、股を開くとかやってみろよ」

水嶋の表情がさっと変わった。

「水嶋、お前今、セクハラとか思っただろ」

「はい、いやいいえ。思っていません」

「人事でもどこでも、好きなところに駆け込めばいい」

尾風は涼しい顔で言った。

「女はセクハラを理由にして成績が出せないことを正当化するって、銀行内に知らしめる絶好の機会になるからな」

水嶋は唇をかみしめた。

「お前、未達をまったく反省してないみたいだな」

「それは、反省しております」

「反省は態度で示さなくちゃいけない」

尾風は水嶋の机を指し示した。

「その上で正座してろ。コピー紙に『私は未達の給料どろぼうです』と書いて、胸に貼るのを忘れるな」

水嶋はうろたえきった目で尾風を見た。

「反省してるって言ったよな」

尾風は冷ややかに言った。

水嶋は青ざめた顔で自席に戻ると、涙をぬぐいながら言われたとおりの文言を紙に書いて、セロハンテープで胸に貼り、靴を脱いで机に上がった。


吉永は尾風の指導ぶりを感心して見ていた。自分とはタイプが正反対なものの、支店長とはウマが合う。尾風の徹底した信賞必罰ぶりは、成績のよい吉永には好ましいものに感じる。弱い人間の敗北した姿こそ、勝者にとって最高の褒美ではないだろうか。

パソコンに視線を戻して店別の成績ランキングを確認した。一位は横浜みなとみらい支店だった。

「吉永、ちょっといいか」と尾風が呼んだ。

すぐに支店長席の前に立つ。

「お呼びでしょうか」

「お前、今回も個人で二位だったな」

「面目ありません」と吉永はすまなそうな顔をした。

「ま、渋谷ではトップだ。問題はアレだよ」

尾風は机上で正座をしている水嶋にあごをしゃくった。目をぎゅっと閉じて、背中を小さく丸めている。

「あいつが店の業績の足を引っ張るのを止めないことには、この先も横浜みなとみらい支店には勝てない」

尾風には到底許せない事態である。

「吉永、お前が水嶋を何とかするんだ」

「支店長、どうか勘弁してください」

吉永の声はうわずった。

「お恥ずかしい話ですが、個人の目標達成でさえ四苦八苦しているのに、女の世話をするのは私には無理です」

「面倒は嫌か」

尾風の唇が歪んだ。

「俺の支店運営のモットーを知っているな」

「もちろんです」

吉永は自分が標的にされるかもしれないと思った。

「口に出して言ってみろ」

吉永は気をつけの姿勢になって、支店長席の後方に貼られたモットーを大きな声で読み上げた。

「ワン・フォー・オール。オール・フォー・ワン」

「そのとおりだ」と尾風は力強くうなずいた。「一致団結して力を合わせて戦えば、大きな目標を達成することができる。わかったな」

「はい」と吉永は頭を下げた。

「水嶋の数字の二五％を、お前につけよう」

「お任せください。楽しくやります」


「さてと、はじめようか」

吉永は水嶋に向いて言った。

「まずは、机の上から下りてくれないかな」

水嶋はふらつきながら、両足を床につけ靴を履いた。尾風が吉永に自分の指導を任せたのは、机の上で聞いている。また厳しく詰められるのかと、水嶋は不安な気持ちで吉永に向き合った。

「まずは、営業日報をチェックしよう。応接に持ってきて」

渡された営業日報を吉永はパラパラめくった。といっても、内容に関心はなかった。優秀なテラーだったわけだから、真面目に見込み客を回っているのだろう。それでも数字が取れないのが営業の大変なところである。世の中の銀行はサガミ銀行が唯一ではない。ましてや渋谷支店は競合が多くひしめく。金利競争も激しい。それでも、尾風は上司としてヒントを与えてくれた。客の前でシャツをはだけて胸を見せるとか、股を開くとかすればいいと。イベサー時代、男子新入生を勧誘できない女性メンバーに自分が指導した内容と同じだ。

吉永は水嶋の容姿をチェックした。Dランクと判断した。はれぼったい一重まぶた、だんご鼻、ぼやけた輪郭。Eにしなかったのは、手足の長いすらりとした体型をしていたからである。

「私、未達から抜け出せるんでしょうか。もう、限界です」

吉永はハンカチを取り出すと、水嶋の頬を伝わる涙をそっと拭いてやった。

「えっ…？」

水嶋は軽い叫び声をあげた。営業に出てからは、侮蔑と怒鳴り声と非難ばかりが自分に向けられた。優しさにはじめて触れた瞬間だった。

「僕は君の味方だからさ。わかったかい」

放心したような表情でうなずく水嶋を見て、女の扱いにかけては自分が尾風よりずっと上手だと思う。女は苛めてばかりではいけない。可愛がってやれば心も体も渡してくれる。

「僕からのアドバイスだよ」

吉永はくすりと笑った。

「整形すればいい」

水嶋はぎょっとした顔になった。

「大げさに考えなくていいよ。プチ整形で目を二重にして、鼻を少し高くするだけで十分にキレイになれるから。最近の技術は痛くないし」

「でも…」

吉永は水嶋の髪をそっと撫でた。

「今より、もっと可愛くなろうよ」

「可愛い？　私が？」

「うん、可愛いよ」

吉永は照れたように頭の後ろをさすった。

水嶋はゆっくりとうなずいた。

「プチ整形くらいなら…」

朝の通勤時、水嶋奈保子は渋谷のスクランブル交差点を颯爽として歩いていた。すれ違うたびに男たちがまぶしそうな視線を向けてくる。今日の水嶋は新調したグッチの花柄のワンピースがひときわ似合っていた。成績優秀者のインセンティブ報酬で購入したものだ。ショーウィンドウに映る自分の姿をちらりと見る。ほっそりとした均整のとれた体つき。つややかな長い黒髪。そして美しい顔。

はじめはプチ整形でまぶたを二重にした。それだけで印象ががらりとよくなった。美容外科の勧めで次々に手術を行って、くっきりとした目鼻立ち、華奢なあご、シャープな輪郭、長いまつげ、白い肌とふっくらした赤い唇という女優のような美貌を手に入れた。メスの痛さなど、術後に鏡の中の美しい顔と出会った瞬間に報われる。投じた費用は総額で数百万円になった。

社会人になってからこつこつ貯めた貯金を取り崩して、足りない分はサガミ銀行のフリーローンを利用した。

二週間前、久しぶりに実家に帰省したとき家族は絶句した。母は「親からもらった顔がそんなに嫌だったの」とショックを受け、父は「一生そのままなんだぞ」と不機嫌に言い、弟は「寄せ集めのパーツで作ったフィギュアみたい」と鼻で笑った。要は、批判の嵐だった。だけど水嶋に後悔はない。整形手術は新しい人生の幕を開いてくれた。

「あの…」

公園通りの横断歩道で信号待ちをしていると、後ろから呼びかけられた。振り向くとビジネススーツを着た若い男性だった。

「いつも素敵だなって思って…」

「ありがとう」

水嶋は魅力的な笑顔を見せた。

「もしよかったら、今度、一緒に食事でもどうですか」

朝からナンパかよ、と水嶋は胸の内であきれた。といっても、朝も昼も夜もひっきりなしに男性から声をかけられる。仕事先でも、外食に行っても、今朝のように街中でも常々だ。一番驚いたのは、歯科クリニックの治療中に口を開けた状態で歯医者からデートの誘いを受けたときである。結局、そいつには投資信託を三〇〇〇万円購入してもらった。

「仕事が忙しくて食事の約束はむずかしいの」

水嶋は名刺を相手に渡した。

「マネーセミナーの講師を勤めるときがあるので、ぜひ参加してください。銀行のウェブサイトでスケジュールを確認してくださいね。お待ちしています」

「必ず参加します」

男性は名刺をしまい、何度も後ろを振り返りながら去っていった。きっと、来週にはセミナーに参加するに違いない。他の男たちと同じように。そして水嶋の個別相談ブースに並んで投資信託や保険を購入してくれるのだ。

水嶋は横断歩道を渡りながら、午前中に行う融資契約について考えた。既存の取引先企業が社員寮用にマンションを一棟買いする案件で、融資額は三億円である。企業への営業活動も順調だった。当初、整形をして美しい外見になったものの、果たしてそれだけで海千山千の社長たちの心をつかむことができるか不安だった。まあ、杞憂だった。わずかな創意工夫―シャツの胸のボタンを余計に一つ外したり、スカート丈を短くして足を組むなど―をするだけで、けっこうな成果を出せるものだ。こうして仕事も収入も上り坂となっている。

すれ違った女子高生たちが「エルメスの新作バックだ。すごい」とささやき合うのを、水嶋は聞き逃さなかった。靴はクリスチャン・ルブタンよ、と大声で叫びたいのを我慢する。世界中のセレブご用達ブランドのハイヒールは一足十〇万円だった。デザインに魅かれてサンダルも同時に購入した。そちらは一三万円だ。ちなみに腕時計はカルティエで九〇万円した。着ているワンピースは二〇万円だ。

水嶋はシャネルの広告の前で立ち止まった。新作のチェーンバッグが欲しい。価格をスマホで調べてみる。六〇万円だった。水嶋はため息をついた。

「お金が欲しい…」

元はブランドの服やバッグに興味はなかった。似合わないと思っていた。ところが整形してショップで試してみたら、鏡に映る姿に自分で見惚れた。それからは週末になると表参道や銀座のショップで買い物するのが楽しみになってしまった。ブランド物の新作を身に付けてどこに行くかといえば、お気に入りのホストクラブである。取引先の女社長の誘いに好奇心で応じたのが悪かった。シャンパンを開けて、バカ騒ぎをする楽しさは最高だ。

しかし、そういった幸せな時間を過ごすには相応のお金がいる。水嶋はネットでカードローンを作った。サガミ銀行ではこれ以上借りられない。最初は一枚、やがて二枚、三枚とカードが増えていった。とうとう審査で否決になってしまうと街金も使うようになった。借入総額は一〇〇〇万円を超えた。収入も増えたが、返済のほうが上回ってしまって自転車操業状態となっている。

宵に仕事を終えて支店を出ると、水嶋は渋谷駅を通り過ぎて宮益坂に向かった。ゆるやかな坂を上って、青山通りにぶつかる手前の雑居ビルに入る。ビルの案内板にはエステやマッサージサロンの名前が並ぶ。誰かに見られても、きっと美容の用があると思われるに違いない。エレベーターで最上階に向かう。水嶋は『宮益坂ローン』の扉を開けた。

カウンターで今月分の利息を支払うと、いつも対応する中年の男性が言った。

「あなた、銀行にお勤めだよね」

「そうです」と水嶋は応じた。

「昼間に近所を歩いているのを見かけたけど、外回りの仕事でもしているの」

「はい」

「ふうん」

男性は目元を笑わせた。

「助けてくれる人を紹介してあげようか」

「は?」

「だって資金繰りが大変そうだよね。といっても風俗じゃないよ」

「…どういう人ですか」

「そんな警戒しなくても大丈夫だよ、ちゃんとした人だから」

男性はメモを書いて渡した。

「ここに行って相談してごらん」

渋谷区松濤の住所があった。昔ながらの超富裕層が住んでいるお屋敷街だ。水嶋の得意客も何人か居を構えている。住人には芸術家や芸能関係、スポーツ選手を援助している人も結構いると聞いている。あながちホラ話でもなさそうだった。

「電話入れておいてあげるよ」

一晩考えて、水嶋はメモの住所をたずねることにした。資金繰りが大変なのは事実である。

翌日、水嶋は松濤の一軒家の前に立った。家というより邸宅といったほうがふさわしい。監視カメラ付きの黒い門。その左手にガレージスペースがあり、凝ったデザインの素通しシャッターの奥に赤いフェラーリ、黄色のポルシェが並んでいた。住人はスポーツカー愛好家らしかった。門の右側は生垣になっている。水嶋は生垣の向こうをうかがった。芝生の緑が広がっていた。一〇〇平米くらいはありそうだ。突然、黒い物体が猛スピードで庭を横切って近づいてきた。二匹のドーベルマンだ。うなり声を上げられて、水嶋はあわてて生垣を離れた。

門のインターフォンを鳴らすと、やや間を置いて男性の声が応じた。

「どうぞ。玄関は空いています。真っすぐリビングに入ってきてください」

カチリと音がした。水嶋は門の扉を開いて、ドーベルマンが飛びかかってこないか不安に思いながら、玄関への小径を早足で歩いた。犬たちは庭をうろうろしながら、来訪者をうかがっていた。鉄製の装飾が施された玄関の扉を開く。用意されていた革製のスリッパにはきかえて、廊下を進んだ。壁に何枚か絵が飾られていたが、すべて女体にからみつく蛇が描かれていた。大蛇もあれば、無数の蛇がうごめく中から白い腕を伸ばして女が叫んでいる絵もある。水嶋は女の恐怖の形相を見ないようにしながら、廊下のつきあたりのドアの前まで急いだ。

そっとドアを開き、リビングに足を踏み入れて水嶋は目を見張った。吹き抜けの広いリビングの床から壁まで白い大理石で統一されており、芝生敷きの庭側の全面を占める窓からの陽ざしで部屋全体が白くまぶしく輝いている。白のソファに腰掛けた男性が着ている緑の蛇革のジャケットが、ただ一つの色だった。

「おかけなさい」

黒崎と名乗った男は言った。年齢は三十代後半ぐらいだ。

「失礼いたします」

水嶋はソファに腰を下ろした。

「とても素敵なお屋敷ですね」

「ありがとう」

黒崎は肩を軽くすくめた。

「私の持ち物じゃありませんがね」

持ち主が長い不在のため借りているという。

「ペットの世話をする条件付きです」

「犬がお好きなんですか」と水嶋は尋ねた。なんとなく明るい話題が欲しかった。

「嫌いじゃないですよ。でも、僕の好みは『ロミオ』と『ジュリエット』より『魔女メディア』かな」

水嶋は反応に困った。

「『ロミオ』と『ジュリエット』は二匹のドーベルマンたちの名前でね」

「ロマンティックな名前ですね」と水嶋は愛想よく笑った。「じゃあ、『魔女メディア』はどちらにいるんでしょうか」

「ほら、あなたの足元にいます」と黒崎は笑いながら言った。

足元に犬などいない。

「よく見てください、右です」

水嶋は右の足元に目を凝らして、ごくりと生唾を飲み込んだ。一メートルくらいの濃いオレンジ色の蛇がいた。

「毒のない品種だから心配ない。気質が穏やかで触れても大丈夫ですよ」

黒崎は蛇の胴体をそっとつかんで、水嶋の膝に乗せた。

「可愛いでしょう」

「はい……」

水嶋はやっとのことで笑顔を浮かべた。蛇が膝をはっていく感触に胃の中のものがせり上がってくる。

「『魔女メディア』はグルメなんだ」

「何を召し上がるんですか」

「二十日ねずみ」と黒崎はからかうように言った。「ひよこでも構わないんだけど、ねずみのほうが好きみたいだ」

ペットショップで買ってくるという。

「生きたねずみのしっぽの先をつかんで」と黒崎は手でつまむ仕草をした。「蛇の前にぶらりと下げる。すると、アッとひと飲みだ。これがたまらなく愉快なんだよ」

水嶋は声も出せなかった。何とか得意の営業スマイルをしようと思うのだが、どうしてもできない。

「それにしても蛇と美女の組み合わせは絶妙だ」

黒崎は目を細めて水嶋を見つめた。

「決めた。君に依頼しよう」

黒崎の言葉と同時に蛇はするりと水嶋の膝から離れて、ソファの下にもぐり込んでしまった。水嶋はやっと浮かべた営業スマイルの下で「この変態男!」と怒りの声をあげた。

「私は飲食店を数店舗経営している」

黒崎は依頼の内容を説明した。

「ゆくゆくは上場を目指していてね、業務拡大のために投資家から資金を募っている。投資家の人たちでローンを借りたいと言っている人がいるから、君、ローンを借りさせてくれませんかね。で、ローン金額の一〇%を君に手数料として現金で差し上げますよ」

水嶋は返事をしかねた。キックバックを寄こすということは、不適格者の案件を持ち込まれる懸念がある。

黒崎が見透かしたように言う。

「ローン審査に問題ないよう、こちらで配慮します」

ただし、と黒崎は二つの条件を提示した。

「まず一つは、シャッターが閉まった後に、渋谷支店の応接で契約をさせて欲しい」

シャッターが閉まった後に銀行に入れるのは、一部の有力顧客のみである。

「二つ目の条件は何ですか」と水嶋は尋ねた。

「私のことを、『銀行も応援している』とローン申込者に言ってくれ」

黒崎の狙いがうっすらとわかった。銀行の信用を利用したいということか。

「まあ、何千万円かの話だけど。君の助けにはなると思う」

水嶋は承知した。仮に月に一〇〇〇万円のローンを実行すれば一〇〇万円がもらえる。現金で。それで毎月の利息の支払いは大丈夫だ。キックバックを受け取るのはルール違反でも、それ以上に金が欲しかった。

翌週から黒崎はローン案件を持ち込んできた。営業終了後の夜七時、サガミ銀行渋谷支店の通用口のチャイムが鳴らされる。はじめ支店長の尾風は難色を示した。しかし、横浜みなとみらい支店との競争が一進一退の状況で、ローン残高が増やせるならよしと水嶋の説得に応じた。

水嶋はにこやかな笑顔を浮かべて、黒崎とローンの契約者を応接室に案内する。連れてこられる相手は若い女性のときもあれば、働きざかりのビジネスマンだったり、リタイアした高齢者の場合もあった。属性はさまざまであったものの、全員が興奮気味に同じ感想を口にする。

「こんな時間に銀行の応接室を使えるなんて、すごい」

「黒崎社長のご紹介ですから」と水嶋は用意されたセリフを愛想よく言う。

黒崎の事業の将来性について尋ねられるときもあるが、その場合は「私の名刺をご覧ください。サガミ銀行のコーポレート・スローガンは『夢の実現応援隊』です」と答える。どんな飲食店をやっているのか、順調なのか、本当に上場できるのか水嶋はまったく知らない。黒崎に聞きたいとも思わない。提出される源泉徴収票が偽造かもしれないと疑念を抱くこともあったが、一〇〇〇万円以内の小口案件で支店長決裁のため問題視されることもなかった。

興味があるのはキックバックの金額と、毎月の返済、それとブランド品の新作とホストクラブ遊びのことだけである。黒崎のおかげで生活はだいぶ楽になった。

水嶋は仕事とプライベートの充実を図り、人生を心から楽しむ日々を送っていた。そして、ようやく渋谷支店が下半期の全店トップに返り咲いた。

「みんな、本当にありがとう」

支店で行われた祝勝会で尾風支店長が男泣きをして感謝する。噂では、営業推進部の朝岡部長が役員に昇進するらしい。全店の業績のトップテンのうち、七店舗が朝岡グループの支店長で、苦しい事業環境でありながら他行も目を見張るほどの実績をあげているとなれば、当然の成り行きだろう。ここで全店トップの成績に返り咲いた以上、次の営業推進部長は尾風が固い。ずっと癪にさわっていた澤部支店長を抑えての昇進であれば、喜びも格別だろう。

吉永と水嶋が全員の前に立った。

「この二人が今期の業績の功労者だ。みんなで称えよう」

尾風が紙コップのビールを高く掲げる。

「吉永の健闘に乾杯」

会議室に拍手が響く。

「次は、水嶋に乾杯」

ふたたび盛大な拍手が起こる。水嶋は女性行員の何人かがそっぽを向いているのに気づいた。ロッカールームで整形手術をした水嶋の悪口を言っているメンバーだ。

「ふん、ブスのひがみね」

水嶋は心の中でほくそえんだ。

「結局、果敢にリスクを取った人間だけが甘い果実を楽しめるのよ」

祝勝会が終わったのは八時過ぎだった。水嶋はほろ酔い機嫌で通用口に向かった。期末のインセンティブ賞与が楽しみだ。通用口の扉を開けると、通路で行員が四、五人の男に囲まれていた。身なりはスーツ姿で普通だが、全員が妙に鋭い目つきをしている。

「彼女です」と行員が指差した。

水嶋はなぜか胸騒ぎを覚えて、反射的に逃げようとした。

「待て」

男の一人が走ってきて、手をつかんだ。

「何をするんですか」

水嶋は憤って言った。

「警察を呼びますよ」

「その必要はないです」

リーダー格らしい男が黒い証明書を提示した。

「渋谷警察署です。投資詐欺事件の重要参考人として事情をおうかがいします」

†††

渋谷支店の不祥事が発覚して、銀行はただちに融資部の若宮次長をリーダーに内部調査を実施した。

調査開始から一週間後、渋谷支店長・尾風幸一の査定委員会が開かれた。

「最初に、内部調査班の若宮次長より本件の概要をご説明いたします」と融資部長の大仏様が告げた。

若宮は立ち上がり、会議室をぐるりと見渡した。査定する側も、される側も前回と同じメンバーである。ただ一つの違いは、前回オブザーバーと称して無理やり参加した朝岡部長の姿がないことだ。勝ち目がないと悟ったか、それとも尾風を見限ったのか。頭取はまたもや欠席だった。

「お配りした資料をご覧ください」

若宮は説明をはじめた。

渋谷、新宿、六本木など繁華街を拠点とする詐欺グループがあった。まず、彼らは異業種交流パーティーや起業スクール、資産運用セミナーなどに参加してターゲットを物色する。そして、巧みな話術で新規事業投資に誘う。元本保証で、毎月三%の分配金が支払われる条件だ。年利で換算すると三六パーセントと提示していた。一口五〇〇万円から投資可能で、資金が足りない場合は銀行のフリーローンを紹介した。

もちろん当初はターゲットも警戒する。しかし首謀者である自称・飲食店経営の男がフリーパスで営業時間外の銀行に出入りできる様子を目の当たりにして、安心感を抱いてしまった。詐欺の首謀者は「サガミ銀行との関係」を最大限に活用して、ターゲットたちと次々に投資契約を結んだ。ローン審査が難しそうなケースでは、申込書に虚偽の年収を記入させた。源泉徴収票など専用ソフトでいくらでも簡単に偽造できる。こうして巨額の資金を集めた詐欺グループは姿をくらました。被害に気づいた投資家たちが弁護士に相談し、ついに警察が動いた。被害者の情報から水嶋奈保子が重要参考人として事情聴取を受け、関係先として渋谷支店も家宅捜索を受けた。

「詐欺グループからキックバックを受け取っていた水嶋とかいう行員だが、彼女がローン契約者に投資の勧誘をした事実はあるのかね」と融資担当常務が尋ねた。

「明確にはありません」

「では、収入偽造の件はどうだ。水嶋は知っていたのかね」

若宮は調査メモをめくった。

「警察には知らなかったと供述しているようです」

「投資勧誘はしていない、偽造も知らないとなると、当行の法的な責任は逃れられるな」

常務はやれやれと表情をゆるめた。

「ローン契約の成立に問題はないのかね」と人事部長が若宮に尋ねた。

「念のため当行の顧問弁護士にも確認いたしましたが、本人確認、自筆の筆跡、契約の意思確認等に瑕疵はありませんので、金銭消費貸借契約は有効に成立しているものと考えられます」

「水嶋が逮捕、起訴されるかどうかはわからんが、いずれにせよ債務者に対して当行は、契約書に従って返済を請求することになるな」

若宮は胸に小さな痛みを感じつつ、「はい」と答えた。

しばらく沈黙が続き、質問事項が出きったことを確認した副頭取は処分を下した。

「調査結果を受けて水嶋奈保子を懲戒解雇とする」

副頭取が続ける。

「上司である尾風幸一は重過失の管理監督義務違反で停職処分、渋谷支店長を解任し人事部付とする」

若宮はちらりと横目で尾風を見た。さすがに今回は肩を落としていた。

会議が終了すると副頭取が若宮を手招きし、「夕方五時に上に来るように」と告げた。上とは最上階の頭取・副頭取専用フロアのことである。若宮は「承知いたしました」と頭を下げた。

全員が会議室から退出すると若宮は机や椅子を整え、電気を消し会議室を出た。ドアを閉め振り返り、思わず「おっ」と声をあげた。そこには渋面の尾風が立っていた。無視して立ち去ろうとする若宮の腕を尾風がつかむ。

「さぞや爽快な気分だろう」

「私は調査結果を報告しただけです」

「本店の融資部など、現場が汗水たらして取ってきた案件に文句をつけていれば給料がもらえる。お気楽なもんだ」

若宮に尾風を相手にする気はなかった。いくら吠えようが尾風は終わったのだ。

尾風の肩越しに廊下の向こうからピンクのシャツを着た朝岡に澤部が付き従ってやってくるのが見えた。二人は若宮と尾風の脇を無言で通り過ぎようとする。尾風は「オヤジ、どうして」と声をかけたが朝岡に反応はなかった。

隣の会議室に朝岡が入っていく。後に続く澤部が一瞬振り返り尾風を見た。その顔には嘲りの笑いが浮かんでいた。

若宮は呆然と立ち尽くす尾風を残し、会議室フロアを立ち去った。


夕方五時、最上階のエレベーターの扉が開くと女性秘書が若宮を出迎えた。

「ご案内いたします」

いつものように竹藪の小径を通って、赤い絨毯が敷き詰められた廊下を行く。副頭取室の扉の前で若宮は起立の姿勢になった。ところが秘書はさらに廊下の奥へ進んでいく。

若宮は一瞬ぽかんとして、それからあわてて彼女を追った。

「あの、副頭取室ではないのでしょうか」

「本日は違います」と秘書は答えた。

副頭取室の奥の頭取室の前も通り過ぎ、さらに奥の赤絨毯の突き当りの扉のところで秘書が歩みを止めた。

「こちらでございます」

扉が開かれると、一、二歩先に白木の格子戸が見えた。何だか京都のような風情だ。秘書がカラカラと音を立てて戸を横に引く。

若宮はあっと息を飲んだ。

白い玉砂利が敷き詰められた空間に瓦葺き屋根の茶室が建っていた。趣のある岩が置かれて竹が生えている。最上階に茶室があると話には聞いていたが、足を踏み入れるのは初めてであった。

「副頭取がお待ちです。どうぞお入りください」

「ふう」と若宮は深呼吸した。銀行の有力顧客には茶の道を好む人間が少なからずいる。お得意先が催す茶事に招かれることもあるから、ひと通りの作法は身に付けておくべきと入行時の上司から教えられた。当時の銀行には必ず茶道クラブがあって、若宮はしばらく通ったものである。初めて茶事に参加したのは入行二年目、慣れない正座と緊張で足が痺れてつらかった。それから少しずつ経験を積み、今では恥をかかない程度にはなっている。さはさりながら、やはり緊張する。

つくばいで身を清めて、茶室の前で名を告げる。

「おう、入ってこい」と障子の向こうで副頭取の声がした。

膝を折って躙《にじ》り口《ぐち》を開けて、頭から入る。ふすまの前で正座して「失礼します」と言って座敷に入った。副頭取は袴姿だった。

「茶を点てて、内部調査の終了を労おうと思ってな」

袱紗の扱い、柄杓で湯をくむ姿、茶筅を回す所作の一つ一つを、若宮は息を凝らして見つめた。茶筅の音が止み、目の前の畳に茶が置かれた。

「お手前頂戴いたします」

一口飲む。

「目が覚めるような味です」

「さあ、足を崩しなさい」と言って副頭取は胡坐になった。若宮も一礼してそうする。

副頭取は盆に置かれた徳利に手を伸ばして、ぐい呑み、茶用語で石盃《せきはい》に中身を注いだ。双方とも桃山時代の備前であった。

「正式な茶事では酒がつきものだが、これは水だよ」

「お茶を召し上がらないのですか」

「私は近頃、水がいいんだ」

うまそうにごくごくと飲む。

「これは関根御滝不動尊の湧き水でね。毎朝、運転手に汲ませている」

「たしか横須賀の国際湘南村の近くでしたね」と若宮は話を合わせた。「お不動様の湧き水は胃腸にいいとのことで、ポリタンクを何個も持ってきて汲んでいく人もいるとか」

「まさに私のことだ」と副頭取は愉快そうに言った。

「それにしても君は大したものだ。しっかりと地域のことを勉強しているんだからな」

「サガミ銀行に骨を埋める覚悟で参りました」

副頭取が満足そうにうなずくのを見て、若宮は胸の内でくすぶっている懸念を言葉にする機会だと考えた。

「僭越ながら、朝岡グループの支店長たちの融資に関するスタンスは若干行き過ぎている部分があると思います。数字を伸ばすためであれば強引な手法を用いても構わないという思考は、長期的に見て銀行に必ずしもプラスとは思えません」

沈黙がしばし時間を支配した。石盃に水が注がれる音を聞きながら、若宮は不安に駆られた。いささか生意気が過ぎただろうか。

「私は戦国武将が好きでね」と、副頭取が石盃の水を飲んでから言った。「さて、君に問う。『凡《およ》そ主人の悪事なるを見て諫言を容《い》れる家老は、戦場で一番槍をつけたるよりも遥かに増したる心ばせなるべし』とは誰の言葉だったかな」

若宮は少し考えた。

「徳川家康でしょうか」

「ご明察だ。諫言をいう臣は大事にしろ。マネジメントが心に留めておくべき言葉だ」

副頭取がくだけた口調でたずねた。

「君はいつ学んだのかね」

「支店長になったばかりの頃です」

「私は三歳の頃だった。兄と二人で正座しながら父から聞かされたものだよ。そういえば父も晩年はこの水を飲んでいた」

副頭取はふたたび石盃に手を伸ばし、水を口に含んだ。

「家康が天下を取れた理由を君はどう考えるかね」

「いやはや、私などには」

若宮は謙遜した。

「臣を育てたからだよ」

副頭取はしみじみと言った。

「兵を率いて天下を取っても、有能な臣が支えてくれなければ天下は続かないものだ。それに加えて、家康や秀忠に仕えた藤堂高虎など外部からの人材登用も上手かった」

藤堂高虎は七度も主君を変えて、今どきの言葉で言えば転職して家康や秀忠に仕え、二六〇年続く徳川家の天下の礎を築くのに貢献した人物だ。もしや副頭取は高虎になぞらえて、自分に良き臣になれとエールを送ってくれているのだろうか。臣とは役員のことだろう。若宮は体が熱くたぎるのを感じた。

「あと一つ、『渋柿を厭《いと》うは小身成る者の技なり』を知っているかね」

「南条慶晴公です」

「光栄だね。知っていてくれて」と副頭取は機嫌よく言った。「私の御先祖様の言葉だ。意味はわかるかね」

渋柿も干せば甘柿より甘くなる。渋柿としての良さがあるのに捨ててしまう愚か者になるな、部下も使い方次第だということだ。

「今は収益重視で行くしかないんだ」

副頭取はつぶやいた。

「まあ、いずれ、転換点がやってくるだろう」

†††

クラブ・ハンニバルの地下二階は音楽と光に満ちていた。今日は貸し切りだった。イベントサークル・狩人OB・OG会の恒例パーティーである。

フロアで踊っていた吉永は、赤いVIPシートでくつろぐ人物に気がついた。

「千賀さん、お久しぶりです」

「おう、元気か」と千賀が応じた。

「はい」吉永はVIPシートに腰掛けた。

千賀はバーボンのボトルに手を伸ばした。

「ま、飲もうぜ」

「いただきます」

吉永が新入生の頃、千賀はすでにイベサーの有力ＯＢだった。非常に可愛がってくれて、卒業後も年に一度このパーティーで顔を合わせていた。

「で、最近調子はどうなんだ」と千賀がたずねた。

「最悪です」と吉永は答えた。「職場の女が警察の世話になって、指導係だった自分まで事情聴収を受けました」

「その女は何をやらかしたんだ」

「投資詐欺の幇助です」

「じゃあ、詐欺の首謀者とデキてたのか」

「そうじゃないみたいですよ。めっちゃ、いい女ですけどね」

吉永が意味ありげに笑った。

「借金で首が回らなくなっていたらしいです」

「金の使い道は洋服とアクセサリー、それにホストクラブってところか」

「あと、整形です」

「俺としたことが、それが抜けてたか」

「一緒に処分された尾風支店長って気の毒な人なんです」

「お前からそんな言葉を聞くとはな」

千賀が意外そうな顔をした。

「だってカースト最下層の横浜みなとみらい支店長に土下座されて頼まれて、つい情けで自分のノウハウを伝授したらそいつに抜かされて、ようやく抜き返して部長に出世できると男泣きしたら転落なんて、気の毒過ぎて……」

吉永はうつむいて肩を震わせた。

「大笑いですよ」

「お前、本当にひどい奴だな」

千賀も笑い出した。

「俺、銀行を辞めようと思うんです」

吉永がさらりと言った。

「デート商法がヤバそうなんで」

「俺も辞めるんだよ」と千賀が言った。「今の会社が自転車操業で潮時だからな」

「ハッピーデイズでしたっけ。次の予定は決まってるんですか」

「会社を立ち上げる。今のところでいろいろと学んだから、うまくやれる自信がある。どうだ、俺と一緒に楽しく金を儲けないか」

吉永がうなずくのを見て、千賀は言った。

「渋谷の元支店長は、横浜みなとみらい支店の澤部の失脚のために金を払うかな」

「払うでしょうね。でも何のネタで尾風に金を出させるんですか」

「俺、うちの会社と澤部のことで面白い話をいっぱい知っているんだ」

千賀は口元にうっすら笑みを浮かべた。

「お前に資料を渡すから、それを尾風に買い取りさせるんだ」

「そのゲーム、楽しそうですね」

第四章　安藤銀行　本店営業部

「オヤジ、融資部にハッピーデイズの『お菓子の家』のローン案件に関して口添えしていただけませんか」

またか、と朝岡は思った。

「あいつら、規程変更で通帳の原本確認を省略することになったのに、まだごちゃごちゃ言ってくるんですよ。どうかお願いします」

電話の向こうからの澤部の訴えを、朝岡は眉根を寄せて聞いていた。

朝岡の取締役への昇進は目前だった。そこに朝岡会筆頭の尾風の不祥事が発生した。朝岡の次の営業推進部長の座をめぐる澤部との争いが背景にあるのは間違いなかった。取締役への道に暗雲が立ち込める中、副頭取に呼び出され、尾風を切るように命令された。朝岡にも異存はなく、次期営業推進部長に澤部を推挙しておいた。人のうわさも何とやらだ。尾風のスキャンダルなどすぐに忘れ去られるであろう。取締役に上がれば、次は常務、専務、副頭取、そして頭取だ。場合によっては取締役から一足飛びに頭取もありうる。そのためには営業数字、特に朝岡会の支店長の営業数字がモノをいう。ここまで来たら引くわけにはいかない。澤部の支店の案件は何としてでも通してやらねばなるまい。

「わかった。私に任せておけ」

朝岡は電話を切ると自席から立ち上がり、融資部へ向かった。

現代のマネジメントでは、「組織の中にある壁を取り払え」といわれている。しかし、銀行組織で取り払ってはいけない壁がある。それは営業推進部門と融資審査部門の壁である。

営業推進部門が融資獲得の営業目標を無理に達成しようとすると、返済に疑念のある不良案件まで何とか融資に結びつけようという欲求に駆られる。不良案件は優良案件や通常案件に紛れ込んで融資審査部門に稟請される。融資審査部門は不良案件を峻別して否決し、銀行の資産劣化を防止するのが役割である。いわば営業推進がアクセルで、融資審査はブレーキの役割を果たす。

一九八〇年代後半のバブル経済の時期、特に大手行でその壁が取り払われたことがあった。

それまでは別部門だった営業推進部門と融資審査部門を合体させ「支店部」という名の部を設置したのである。

支店部は部長を頂点とし、その下に営業推進担当の副部長と融資審査担当の副部長が配置された。支店部の部長は、営業推進と融資審査の両方の責任者となる。また支店部は営業地域ごとに支店第一部、支店第二部……支店第五部など複数設置され、経営陣は各支店部の業績を競わせた。各部の営業推進の業績は各部長の評価に直結する。役員目前の各部長は競って融資目標の達成に邁進する。すると、支店部長の融資審査の責任者の立場は置き去りにされた。

バブル期の不良債権問題の発生要因は複合的なものであるが、銀行の組織体系に発生要因を求めるなら、この「支店部」を作ったことに端を発する。

バブル崩壊後、無秩序な融資承認の反省から支店部は廃止され、営業推進部門と融資審査部門は再び分離され現在に至っている。

サガミ銀行も組織構造上は、営業推進部と融資部に分かれている。しかしそれは外形的なものであって、実態的には融資部は朝岡率いる営業推進部に徐々に侵食されていた。

最初は、「ちょっと融資案件でご相談がありまして」と低姿勢で朝岡は融資部を訪れた。他部署とはいえ部長にそのような態度を取られては融資部としても無下に追い返すわけにもいかない。一応話を聞く。時間を掛けながらこれを繰り返して、朝岡は融資案件に口を出すことを既得権としてしまった。

こだわりのピンク色のシャツを着た朝岡の姿を見た瞬間、融資部担当常務は自席を立ち、エレベーターに乗って役員執務室フロアに避難していった。

「おい、横浜みなとみらい支店にいちゃもんを付けたのは誰だ。預金通帳の数字が変だと言った奴だよ」

部下の佐々山が恐る恐る手をあげようとするのを制して、若宮が立ち上がった。

「私が指示しましたが、何か問題でも」

「何かじゃないよ。お客さんがごまかしているような言いっぷりだったそうじゃないか。お前はお客さんを嘘つき呼ばわりするのか」

「いいえ、単に年収が四〇〇万円の方がどうやって預金を三〇〇〇万円も貯めたのか確認したかっただけです」

「親からの遺産だろ」

「支店がそのように言うので相続関係の書類のコピーを出して欲しいと依頼しました。審査サイドとしては当然の依頼です」

「そんなことを言っていたら、ビジネスチャンスを逃すだろう。支店は最前線で他行と戦っているんだぞ。大体、通帳のコピーで可としたのは、部長全員の総意だぞ。規程上はそれでＯＫなんだから、それで承認しろよ」

「仮に規程でＯＫであっても疑義がある内容であれば納得するまで調査します」

「なぜ現場の支店長を信じられないんだよ。それはお前が外様だからだろ」

次に朝岡の決まり文句が出る。

「大体、融資部なんていうのは、何も収益を生み出していないじゃないか。営業部門が収益をあげてこそ、お前らの給料が払えるんだってことを忘れるな」

融資部長の大仏様が話を引き取る。

「朝岡部長、それぞれの立場でそれぞれの役割があります。私たちもその役割を全うしようとしているだけです」

「ふん、だったらさっさと承認しろ」

捨て台詞を吐いて朝岡は融資部を後にした。

規程変更以降、『お菓子の家』を購入するローン申込人の属性が一気に落ちた。職業や年収から判断すると多額のローンを背負っての投資は無理な層だ。だが不思議なことに預金通帳のコピーには数千万円の残高がある。年収が低くても金融資産を多額に保有しているのであれば信用力の裏付けとなる。

どうやってこれだけの金額を貯蓄したのかと素朴な疑問を支店担当者に投げかけるとたいていは親の遺産を相続したとか、持っていた土地を売ったという。最近は宝くじが当たったそうですとか、万馬券を取ったそうですとかまで言ってくる。もちろん、遺産相続や土地売却、宝くじも万馬券もエビデンスは出てこない。支店とは押し問答、水掛け論となり、今日のように朝岡が出てきて最後は押し切られてしまう。

確証はないが、通帳の残高を改竄したコピーを提出しているのだろう。改竄は顧客が自分で行っているのではなく、ハッピーデイズの社員がパソコンを操作して作っていると思われる。横浜みなとみらい支店の担当者や支店長も認識している可能性が高い。そうであれば組織ぐるみの不正融資だ。不正融資と疑われる案件を承認せざるを得ないのは、融資部として歯がゆい思いだ。

大仏様が若宮と佐々山に告げた。

「確たる証拠がなければ、本意ではありませんが承認せざるを得ませんね」

通帳の原本確認を省略することでこのような影響が訪れることを若宮は予想していなかった。単なる偶然なのか、朝岡もしくはその先の誰かが意図的に仕掛けたのかはわからない。

その日の夕方、帰り支度をしている若宮に大仏様が声をかけてきた。

「若宮次長、今日帰りに軽くどうですか」

今日は金曜日で千葉の自宅まで帰る予定だ。だがサガミ銀行にきて一年余り、二人きりで誘われたのは初めてだ。

「お供します」

「今日は私の行きつけの店にしましょう」

若宮が連れていかれたのは本店から歩いて行ける大船駅東口の路地を入った小料理屋であった。

ここではサガミ銀行の行員も来るのではないかと心配になったが、部長は「皆そう思うから逆に誰も来ませんよ。私もここで銀行の人に会ったことはありません」という。なるほど灯台下暗しですねと若宮がいい、二人はテーブル席に着いた。

生ビールで乾杯した後に部長が若宮に尋ねた。

「次長は当行に来て一年半くらいですか。どうですか当行は」

「同じ銀行とはいえ前の銀行とは勝手が違って、最初は戸惑うところもありましたが、徐々に慣れてきました」

「私は他の会社は知らないのでこれが当たり前に感じてしまうのですよ。まあ、営業部門が融資の審査に口を出すのはいかんというのは知っていますがね。通帳をコピーで可とした件も含め、私が不甲斐ないばかりに申し訳ない」

「副頭取から朝岡部長に融資に口出しするなと注意して頂けないでしょうか」

「実は三カ月ほど前、融資担当常務から副頭取に朝岡部長にくぎを刺していただけないかとお願いしたことがあったのです。私も同席していましたが副頭取は承知され、その後数週間、朝岡部長は融資部に顔を出さなくなりました」

確かに一時期、朝岡の顔を見なくなったことがあった。

「しかし、その期間の融資の実績が落ち込んだことをいいことに、それみたことかと朝岡部長は副頭取に自分が融資部に行かないと数字が落ちると直談判したようです。それで元の木阿弥になりました」

副頭取はリスクの高い融資に目をつぶり、目先の収益を優先しているのだろうか。それにしても危険な橋であることに気づかない人物ではないはずだ。

「通帳改竄の疑いについてはお話しされたのですか」

「しましたよ、常識的に考えておかしいと。しかし改竄の証拠はない。それに『お菓子の家』関連の融資先の延滞者が多いわけでもない。もっと延滞者が多ければ問題視できますが、幸か不幸かそうはなっていません」

ハッピーデイズは今のところ家賃保証を履行し、毎月契約で決められた家賃をオーナーに支払っている。オーナーはそれをサガミ銀行への返済に回すので延滞はしない。

「副頭取がおっしゃったのは、融資部として現在の支店や営業推進部とのやりとりを詳細に記録しておきなさいということでした。我々としては、先々何があってもいいように細かく記録を取っておきましょう」

それは大仏様が常々部下に言っていることでもあり、若宮もそのとおりだと思っている。もし、先々『お菓子の家』が行き詰まり、融資が不良債権化したとき、朝岡は融資部に全責任を負わせようとするだろう。それに抗弁できるようにできるだけ正論で抵抗し、詳細に記録を取っておくのだ。歯がゆいが今できることはその程度しかない。


刺身の盛り合わせが運ばれてきた。しばし相模湾の海の幸を楽しむ。

ビールから焼酎のロックになり、酔いが回ってきたのか融資部長は身の上話を始めた。

「若宮さん。私は間もなく定年で銀行を去ります。役員に上がれば別ですが、私にその道はありません」

「いやいや、そのようなことはないでしょう」

「お世辞はいいですよ。私はサガミに入ったときから一番出世しても融資部長までと決まっていたのです」

「最初から決まっていたなんて、まさか」

「なぜそうかと言いますと、私は親子三代でサガミに勤めておりましてね、祖父も父も融資部長だったのですよ」

「そうだったのですか。知りませんでした」

「私は相模銀行に入って南条家にお仕えしなさいと子供の頃から親に教育されて育ちました。私が入った頃の相模はまだ先代が頭取の時代です。先代は人格者でね、若手行員にも気軽にお声がけをしてくださいましたよ」

「その頃は今の南条頭取はすでに安藤銀行から当行に移られていたのですか」

「そうです。慶一郎頭取は確か三〇代でしたがすでに役員になっておいででした。慶次副頭取もすぐに役員に就任されました」

それから数年後に兄弟は頭取、副頭取に就任した。

頭取、副頭取のペアは、同族経営ならではのトップダウンでのスピーディな意思決定も可能であった。今では珍しくないカタカナ名の銀行表記も国内では二番目に取り入れた。インターネット支店も他行に先がけて早々に開設した。

融資面においては、特に個人ローン関係に注力し始めたのも現体制になってからである。

「頭取は七〇歳を超えたところですよね。後継者はどう考えているのでしょうか」

「お仕えする身の私には何ともわかりません。頭取、副頭取ともに後継ぎがいらっしゃらない。それを踏まえると、常識的には行内から見つけることになるでしょう。しかし、誰もが認める次期頭取候補は見当たりません。あえて作らずに競争させているようにも見えます。最近の頭取は以前にもまして行員との距離が離れてしまった。銀行経営そのものよりも、ご自身の名声を高めることを求めているようにも感じられます。副頭取も、とにかく利益を上げようと焦っているようにお見受けします。なぜお二人がそうなったのかはわかりませんが」

大仏様は手にしていたグラスをテーブルに置いた。

「ここだけの話ですが、ご兄弟に長年お仕えしてきて最近不安を感じます。いったいお二人は当行をどこに導こうとしているのか。銀行業界はこれからますます厳しい時代になるでしょう。当行が生き残っていくためには若い世代に頑張ってもらわないといけません。私はそろそろ次期経営者にお譲りになるタイミングではないかと思っています」

大仏様の本心を聞いたのは初めてであった。大仏様は、「ちょっと話し過ぎましたね。それはそれとして」と話題を変えた。

「若宮次長はこれから当行でどのような未来図を描いていらっしゃいますか。あなたは優秀だし、まだまだ若い。ぜひ将来は当行で重要なポジションに就いてもらいたい。もし支店長をご希望であれば私から人事部長に耳打ちしておきますが」

若宮にもいずれ支店長をという希望はある。しかし中途半端なまま融資部を去りたくはなかった。その胸の内を正直に告げた。

「わかりました。しばらくは一緒に頑張りましょう。ただ支店長の話は別にしても、これからあなた自身、サガミでどのように立ち回っていくかは考えておいたほうがいいでしょうね」

†††

若宮は大船駅で部長と別れ、千葉行きの直通電車に乗った。

翌日、昼食を済ませたあと一人書斎に籠って融資部長の助言に従い、サガミ銀行での今後の身の振り方を検討し始めた。

サラリーマンが上を目指すとき、もっと世俗的にいえば、出世を目指すときに考えなければならないのが〝誰についていくか〟〝誰を大将に担いでいくか〟である。これは会社で地位が上がれば上がるほど重要になる。

誰かについていくのが難しい、もしくは嫌ならばニュートラルな立場を貫き、仕事で実績をあげて誰が上に立っても必要とされる人物になることだ。これには相当の実力と実績や功績がいる。

若宮もサガミ銀行に入ったからには、サガミで上を目指したいという欲がある。

ただし若宮は中途採用でハンディキャップを負っている。誰についていくかを慎重に見極める必要があるし、その人物に近づいていく戦略もいる。ニュートラルな立場を貫くなら、誰の目にも明らかな実績や功績を作るしかない。今はどちらの方法を取るかは決めずに両にらみで行くしかないだろう。

まずは誰についていくかを考えるため行内の情勢を整理してみる。

サガミ銀行の取締役以上の経営陣の陣容は、お飾りの社外取締役を除けば以下のとおりである。

代表取締役 頭取　南条 慶一郎
代表取締役 副頭取　南条 慶次
代表取締役 専務（無任所） 戸越 隆造
人事部担当　専務取締役　村上 太一郎
経営企画部担当　専務取締役　江川 隆則
営業推進部担当　常務取締役　安田 博
融資部担当　常務取締役　大沢 伸介
事務・システム部担当　取締役　明石 光信

代表取締役専務の戸越隆造は南条兄弟とほぼ同年代で古くから二人に仕えていた。無任所で実権はなく、南条兄弟の代わりに地域や取引先の行事や冠婚葬祭に参加して、お祝いやお悔やみの言葉を述べるのが主な仕事である。代表権を付けているのは、市町村長や相手先企業に対する配慮と、南条兄弟の事故や急病等、不測の事態に備えたものであろう。もう一つ、大きな不祥事が起きたときに代表取締役として責任を被る役割もあるのかもしれない。何らかの非常事態の繋ぎで短期間、頭取になる可能性は否定できないが、次期経営者候補としては外していい。

人事部担当専務の村上は、人格者であるが人事畑を歩んでおり営業や銀行実務には弱い。学者肌のところがあり、地元の歴史に精通し自費出版で相模地方の歴史を紹介した書籍を出版している。本人は近隣の大学への転出を目論んでいるという噂もある。この人物も外していいだろう。

事務・システム部担当取締役の明石は年次が一番下なうえ、銀行では傍流の部門であり可能性は極めて低い。あるとしたら次の次の頭取候補が現実的か。

したがって次期頭取の候補者として考えられるのは、経営企画部担当専務の江川と営業推進部担当常務の安田、融資部担当常務の大沢の三名である。

一般的に銀行の中で頭取への最短距離の位置にいるのが経営企画部の担当役員である。経営企画部は銀行の経営の中枢であり、経営計画の立案、監督官庁との折衝、広報・ＩＲ、予算策定等重要な任務を負っている。サガミ銀行でもそれは同様である。経営企画部担当専務が第一候補といっていいだろう。

対抗馬となるのは営業推進部担当常務であろう。ただし、この常務は在任期間がすでに六年となっており、そろそろ退任してもおかしくない。銀行関連のカード会社への転出がうわさされている。後任は営業推進部長の朝岡が最有力である。

本来立場的には候補者となりうる融資部担当常務は朝岡に反論できない体たらくぶりで論外だ。

このように考えると、今のところ本命は経営企画部担当専務の江川、対抗が朝岡、大穴が事務・システム部担当取締役の明石となる。朝岡についていくことはあり得ない。残りの二人とは今のところ仕事上での接点は皆無だ。どうしたものか。

しかし、南条兄弟は本当にこの三人から選ぼうとしているのだろうか。日常的な経営は副頭取任せで、頭取が役員たちの品定めをしているとは見受けられない。かと言って副頭取が次期経営者選びを全権委任されているというのも腑に落ちない。それは頭取、ご当主の役割だろう。それに頭取、副頭取は行員を部下というよりも使用人と考えている節がある。使用人にすんなりと後を任せるだろうか。長年サガミ銀行に勤めている行員にはわからないかもしれないが、外から来た若宮だからこその感覚だ。

仮定の話として、もし頭取の意中の人物が銀行の外にいるとしよう。それは間違いなく南条家の血を引く人物だ。さりとて、頭取・副頭取兄弟からみて傍系の親族の中から選ぶだろうか。やむなくそうだとしても、それならばすでに養子にし銀行に入れて帝王学を学ばせているのが自然だろう。

それに、ずっと心に引っ掛かっていたことがある。先日の茶室で副頭取から藤堂高虎の話題が出た。自分へのエールだと思って嬉しかった。しかし、なぜあのとき「家康と秀忠に仕えた」高虎と言ったのか。高虎が二代にわたって仕えたのは間違いないが、わざわざ「秀忠」を挙げたのには違和感があった。そういえば秀忠は後継者としてはダークホースだった。正室が生んだ嫡男が信長の命令で切腹し、次男をなぜか家康は自分の子だと認めず、側室腹の三男であった秀忠に跡を継がせた。

「そういうことか」と若宮は思わず声をあげた。

意中の人物は頭取・副頭取の直系男子で、且つ、銀行の外にいる人物だ。何かの事情でまだ銀行に入れられていない。

以前、妻の口から出た言葉が脳裏をよぎった。その人物が婚外子や前妻との間の息子であればどうだ。その存在の可能性がまったくないとは言えない。頭取・副頭取は望んでいるが、息子本人がまだウンと言わないのかもしれない。

もし、その人物を俺が探し出し、説き伏せ、銀行に連れてきたらどうなる。間違いなく俺は功労者になる。その人物が経営トップになれば俺はその右腕になれる。場合によってはトップはお飾りで実権は俺が握るという経営体制だってありうる。

想像が飛躍しすぎだろうか。しかし、できるだけ探ってみる価値はあるだろう。

何か糸口はないか、改めて頭取の履歴を思い出す。

御田学舎大学経済学部を昭和四二年に卒業、二年間の海外留学を経て昭和四四年に安藤銀行に入行。同行に五年間の勤務ののち、当時の相模銀行へ入行。

もしや。

若宮は部屋を出て加代に声をかけた。

「やよいを辞めたときに仕舞った荷物、そのままにしてあるよな。捨てていないよな」

「私が勝手に捨てるわけないでしょ。そのままにしてあるはずよ」

若宮は物置スペースに押し込んでいた「行員名簿」と表に書かれた段ボール箱を取り出した。以前は書棚に収めていたが、やよい銀行を退職したときに後ろは振り向くまいと決め、封印した荷物だった。捨てなくてよかった。

確かこの中にあるはずだ。これは違う、これも違う、これだ。平成七年、若宮が入行した年度の安藤銀行の行員名簿だ。白色だった表紙は薄茶色になり、所々破けていた。

今の時代では考えられないことであるが、銀行では過去に行員名簿なるものが存在していた。行員名簿は年に一回発行され行員全員に配布される。支店ごとに行員の氏名、入行年度、管理職以上の者は自宅住所と電話番号も記載されている。行員はこの名簿を見て上司に年賀状を書いたり、中元歳暮を贈っていたのである。当時は小遣い稼ぎのために名簿屋に持ち込む輩もいた。だが、行員名簿には一冊ごとに通番が振られており、わずかばかりの謝礼を受け取ったがために懲戒処分を受けた者もいる。

その後、二〇〇〇年、平成一二年のやよいホールディングス発足時、個人情報保護の観点から行員名簿の発行は停止されたが、在職中に渡された行員名簿を若宮は処分せずに保管していた。

急いで若宮が入行して初めて配属された赤坂支店のページをめくる。付箋が貼られているので見つけるのは簡単だ。当時の支店長、塚本誠二の入行年度を見る。昭和四四年。ビンゴだ。

塚本の自宅は千葉県松戸市とある。まだこの住所に住んでいるだろうか。俺のことを覚えているだろうか。確か最後に会ったのは、塚本が銀行から離れ関連会社に出向となった十数年前の送別会だった。赤坂支店時代に塚本に世話になった行員が長年の労をねぎらうこととなり、若宮も出席した。新入行員にとって支店長、それも赤坂支店のような大規模店の支店長は、案外遠い存在である。もちろん新入行員は支店長を気にしているが、支店長が新入行員をどれだけ認識しているかは怪しいところがある。送別会の折も若宮は末席に座り、一度だけ中央に出向き、お疲れさまでしたと塚本に酌をしただけであった。

話をしてもらえるかと一抹の不安がよぎったが、とにかく連絡してみるしかない。今の時間は午後三時、ちょうどいい時間帯だ。若宮はスマートフォンを取り出した。

塚本との約束を取り付け、若宮は翌日の午後、松戸へと向かうこととなった。千葉市と松戸市は同じ千葉県内であるが、千葉市は東京湾に面した県中央部にあるのに対して、松戸市は埼玉県寄りの県北部に位置する。電車で千葉と松戸を直通運行している路線には京成線があるが、三〇駅で約一時間である。車で行くことも考えたが見知らぬ土地で右往左往して約束の時間に遅れるのも失礼なので電車で行くことにした。

松戸駅に降りるとタクシーに乗り目的地の住所を告げる。一〇分ほどで到着したのは高度成長期に整備されたと思しき住宅団地内にある庭の広い一戸建てであった。

門扉にあるインターフォンを押すと、はーいと女性の声がする。名前を告げると玄関のドアが開き、「どうぞどうぞ」と迎えてくれた。塚本夫人とは初対面だった。ひと昔前の銀行員の妻らしく、品のいい清楚な佇まいと和服で出迎えてくれた。お忙しいところお邪魔して、というと、「いいえとってもありがたいのですよ。あの人、銀行の方が来てくださって昔話をするのが唯一の楽しみなの。趣味の一つもない人だから、暇を持て余すばかりでしょ。私も本当にありがたいの」といい、家の主の待つ和室へ案内してくれた。

塚本も着物姿で床の間を背にして座っていた。若宮は座布団の横に正座し、お久しぶりですと両手をついた。私の送別会以来かねといわれ、勧められるままに座布団に座った。

塚本は旧安藤銀行では役員コースに乗っていたが、三行合併で役員の椅子の競争率が一気に高まる中、権力闘争に敗れ銀行の関連会社へ出向となった。送別会はそのタイミングで開かれていた。その後関連会社の役員を務めたが、六五歳になりすっぱりとサラリーマン生活を引退していた。

夫人が茶を置き奥に下がったところで本題に入る。

「君の事件のことは新聞で知った。やよいの支店長が刺されたとあり、誰かと思って名前を見たら若宮と書いてある。年齢的にも赤坂支店にいた若宮君かと思い、銀行にいる昔の部下に電話をして聞いたところやはりそうだという。君も気の毒に、災難だったね。その後どうしているかと気にはしていたが、元気そうで何よりだ。今はどうしているのかね」

塚本は若宮がすでにやよい銀行にはいないだろうという前提で尋ねた。

「今はこういうところにおります」

若宮は現在の名刺を一枚取り出し、テーブルの上を滑らせた。

塚本はそれを手に取るとしばらく眺めて若宮の顔を見た。

「今日来たのはそういうことか。南条のことを聞きに来たのか」

「はい。お察しのとおりです」

「サラリーマンとして、トップのことを知ろうとするのは当然のことだ。サガミのようにオーナー経営者ともなればなおさらだな」

「特に当時の家族関係のことを知りたいのです」

「なるほどな」

塚本は南条の後継者の有無の確認が若宮の来訪意図であることを察したようだった。ということは脈ありなのかもしれない。

メモを取り出した若宮に向かって、塚本はゆっくりと話し始めた。

†††

塚本誠二と南条慶一郎は安藤銀行に同じ年度に入行した同期だった。

大卒総合職の同期は一〇〇人以上おり、親密になる者もいればほとんど交流のない者もいる。

二人は出身大学は違ったが新人研修で同じ班になり、同じ独身寮にも入ったことから自然と話をするようになった。

当時の大手行、メガバンク誕生前の都市銀行は、全国各地の地方銀行と緩やかな提携関係を築き、株式の持ち合いやシステムの共同開発、人事交流などを行っていた。南条慶一郎が安藤銀行の親密地銀である当時の相模銀行の御曹司であり、安藤銀行には修行の意味で入行し、ゆくゆくは相模銀行に戻る前提であることは、いつの間にか同期の間で知れ渡ることとなった。

新人研修が終わり配属されたのは塚本が新宿支店、慶一郎は大手町にある本店営業部であった。本店営業部の取引先は原則的に旧安藤財閥の企業か大手上場企業とその従業員に限定されている。一般企業、一般個人の顧客はいない。新宿支店のように来店客がひっきりなしに来るわけでもなく、怪しげな人物が怪しげな話を持ってくることもない。仕事は比較的落ち着いてできるし、若者が仕事で失敗することも少ない。相模銀行から預かった慶一郎に傷をつけるわけにはいかないという意図の安藤銀行の人事である。

新人の銀行員の多くがそうであるように、慶一郎も最初は預金課に配置された。預金課はその名の通り、普通預金、定期預金、当座預金などの預金の入出金を担当する部署である。来店した顧客対応を行う〝テラー〟と呼ばれる窓口係と、その後方でオペレーションと帳簿付けを行う二線係に分かれる。いくら来店客が少ない本店営業部とはいえ、新人がいきなり顧客対応が必要な窓口係になることはない。まずは二線係でオペレーションと帳簿付けを習得する。その二線で慶一郎の指導係となったのが、のちに慶一郎と結婚することとなる二階堂貴子だった。

貴子は、短大卒業の入行三年目の二二歳の女子行員であった。時代の流れで現在は〝女性行員〟と表現するが、当時は〝女子行員〟と呼んでいた。塚本の時代の人間がいまだに女子行員と呼ぶのは、単に言い慣れているだけでそこに悪気はない。

貴子は銀行員としては先輩であるが、四大卒で二年間海外留学した慶一郎が二つ年上の二四歳であった。貴子は器量はまずまずであったし、華道、茶道、料理など花嫁修業は申し分なし。上級者ではなかったがテニスコートに立つのが休日の楽しみという活発な一面もあった。

慶一郎は御田学舎大学出身で身長一八〇センチ、やせ形でスマート、趣味はテニスとヨットと絵にかいたような御田ボーイであった。幼少からお師匠さんが付いて茶も嗜み、文化、芸術にも明るかった。

二人は職場で一日の大半を肩を並べて過ごすようになり、すぐに打ち解けたようである。新人とその指導係が恋仲に落ちるのは銀行に限らずどの業界でもよくあることであろう。

ただし、慶一郎と貴子は一般人の恋愛とはやや事情が異なっていた。

貴子は、安藤銀行取引先の大手建設会社、二階堂建設の創業家一族の令嬢であった。貴子は短大の家政科を卒業したあとに社会勉強と結婚相手探しのため、いわゆる腰掛で安藤銀行に縁故採用されていた。しかし結婚相手は誰でもいいわけではない。安藤銀行の行員であっても一般のサラリーマン家庭の息子ではつり合いが取れない。それは貴子自身も認識していた。

慶一郎は地方銀行の創業家、江戸時代から続く地元名士の次代当主であり、ゆくゆくは相模銀行に戻って後を継ぐ。つり合いは取れている。南条家にとっても大手建設会社の創業家であれば縁戚関係を結ぶのに異存はない。今振り返れば、南条家、二階堂家、安藤銀行の意図あっての指導係だったのかもしれない。見合い結婚に限りなく近い恋愛結婚であった。

二人の婚姻に障害はなく、翌年秋には有楽町の名門ホテルで盛大に結婚式が執り行われた。披露宴の参列者は五〇〇人はいたであろうか。塚本も同期数人とともに招待され、祝いの言葉と当時のヒットソングをピアノの伴奏で唄った。

慶一郎は結婚し独身寮を出て鎌倉に一戸建てを買った。資金は親が援助したのであろう。親の屋敷に同居しなかったのは貴子への気遣いであったのか、貴子が嫌がったのかは定かでない。

それから塚本と南条のつき合いは徐々に薄くなっていった。次の年、慶一郎夫婦に長男が生まれたことは安藤銀行労働組合が毎月発行していた組合報で知った。当時は、組合員の結婚や出産の情報が最終ページに掲載されていたのである。長男の名前ははっきりとは憶えていないが、南条家ゆかりの〝慶〟をつけていたと記憶している。

しかし、本店営業部の知り合いに噂話で聞いたところ、慶一郎と貴子の夫婦仲は折り合いが良くなかったらしい。条件が合う、話や趣味が合うだけで夫婦生活が必ずしもうまく行くものでもない。貴子はお嬢様育ちで気が強く我儘。慶一郎も南条家当主の殿様気質を受け継いでいた。若く自己中心の似た者同士の二人には、どちらかが一歩引いて相手を宥めて場を落ち着かせる、という夫婦生活に必要な知恵も働かなかったのであろうか。

塚本が慶一郎と最後に会ったのは、慶一郎が予定通り五年で安藤銀行を退職するというので、同期数人で送別会を開いたときである。実はあまり気が進まなかったが、最後に顔でも見ておこうかと参加した。

その送別会の半年前に慶一郎は離婚していた。結婚生活はわずか三年余りであった。息子はどうしたと聞くと、あっちにくれてやったさ、という。その言葉は塚本には強がりにも聞こえた。慶一郎には未練があったのではないか。女房とは折り合いが悪かったとはいえ、初めての子供である。生まれたときは俺の次はこの子が南条家を継いでいくんだと考えたはずである。そう簡単に割り切れるものではないだろう。

塚本が想像するに安藤銀行から相模銀行に戻ってくるのに、南条家にプラスになる妻と、将来の後継ぎを連れてくるのは大変喜ばしいことである。しかし妻と別れ、子供だけ連れて帰ってくるのは慶一郎の父親、当時の相模銀行の頭取が許さなかったのではないか。いっその事、あの結婚はなかったことにして、息子には新しい相手を探したほうがよいと考えても不思議ではない。

慶一郎は「まあ、相模に戻ったら使用人の中で一番いい女を選ぶよ。いくら家柄がよくても気の強い女はもう懲り懲りだ」と苦笑いしてみせた。行員を使用人と呼んではばからない。そのことが塚本の記憶に鮮明に残っていた。

†††

メモを見返しながら若宮は思った。そうか、慶一郎が相模銀行に戻って来たときにはすでに離婚していて子供も二階堂家に渡していた。南条家では、箝口令も敷かれただろう。だからサガミの行員は慶一郎が以前結婚していたことも実の息子がいることも知らないのだ。

「南条が安藤銀行を去った後、二年だけ年賀状のやりとりをした。その後の付き合いは一切ない。私が彼の家族関係で知っていることは以上だ」

「息子さんがいらっしゃったのですね」

「ああ、今どうしているかはわからん」

昭和四六年生まれとなると俺より一つ年上か。

「そうだ、確か当時の写真があるはずだ。昔話ついでに見てみるか」

写真を見ても何か得られるとは思われなかったが、断わる理由もないので若宮も付き合うことにした。

塚本夫人が年代ごとにきちんと整理されたアルバムを三冊持ってきた。塚本は、ああこれだといって薄いセロファンのシートをめくり一枚の写真を手に取った。

「確か一年目の夏に組合の行事で軽井沢の保養所に行ったときのものだ」

写真には三人の男性と、一人の女性が映っている。

「これが俺で、この二人が南条慶一郎と貴子。このときは付き合い始めの頃だろうな」

若かりし頃の慶一郎に女性が腕を回している。二人とも満面の笑みだ。頭取にもこんな時代があったのか。

若宮はスマートフォンで保養所での写真を撮影させてもらった。写真を返すと塚本はしばらくじっと写真の中の四人を見つめている。少し目が潤んでいるようにも見える。希望に満ちた若い頃を思い出して感傷的になっているのだろうか。

塚本は若宮との別れ際、「また来いよ。今度はゆっくり酒でも飲もう」といって見送ってくれた。


若宮は千葉の自宅には寄らずそのまま鎌倉に戻り、塚本から得た情報を頭の中で整理していた。頭取には一人息子がいる。年齢は自分より一つ上の四六歳と思われる。頭取が同族経営を続けるつもりであれば、後継者候補として唯一無二の存在であろう。ただしその希望が叶うためには息子本人にその気があることが大前提となる。なんとか息子を探し出そう。

若宮はパソコンに電源を入れ、検索サイトを開いた。仮に貴子がその後再婚しなかったか、婿を取ったのであれば息子の姓も二階堂であろう。検索サイトの文字入力スペースに母方の姓、〝二階堂〟と南条家ゆかりの〝慶〟を合わせて「二階堂慶」と入れて検索してみた。数人ヒットした。順番にサイトを訪れ、一人一人検証していく。しかし、年齢、職業、活動地域などを鑑みると尋ね人ではなさそうだ。

さて、どうする。貴子が再婚して姓が変わってしまったのだろうか。そうなるとこの日本の中で〝慶〟の一文字だけで一人の人物を特定するのは無理だ。

若宮は情報サイトで二階堂建設のページを閲覧した。二階堂建設は大手建設会社の一角を占める名門企業である。大手企業にしては珍しく非上場であり、経営権は二階堂家とその傍系である山岡家、石清水家が握っている。

まてよ。貴子は二つか三つの子を抱えて二階堂家に出戻った。離婚に対して今ほど寛容な時代ではない。肩身の狭い思いをしたかもしれない。新たな輿入れ先を探すにしても子持ちの再婚となれば政略結婚のコマに使うのは難しいだろう。落としどころとしては一族内で、しかし血の関係は薄くなっている男子と一緒にするのではないか。

さっそく「山岡慶」と入れて検索してみる。だめだ、数が多すぎる。これは後回しだ。

「石清水慶」と入れてみた。いた。一人だけヒットする人物がいた。経済新聞のインタビュー記事であった。

男の名は「石清水慶也」。大手通信系IT企業に勤務。肩書はヨコ文字であり判然とはしないが、部長職一歩手前というところであろうか。名前の後ろにカッコ書きで書いてある年齢は四六歳。記事ではAIを用いたマーケティングについて数人の専門家にインタビューした中の一人としてコメントが掲載されていた。記事の中に顔写真はない。

記事を印刷し別のサイトを見る。すると経済系雑誌社の主催するAIマーケティングをテーマにしたシンポジウムの告知広告が出てきた。場所は秋葉原のカンファレンスセンター。開催は来週土曜の午後一時から。石清水慶也氏が講演者の一人として登壇予定。慶也氏はAIマーケティングのジャンルでは名の知れた存在なのかもしれない。若宮はさっそくパソコンを操作して申し込む。一瞬、偽りの名前と会社名にしようかと思ったが、どうせいずれ名乗るのだからと本名と銀行名を入力した。

講師のプロフィール紹介にある出身校は若宮の出身校と同じであった。若宮より一学年上だ。大規模大学で文系、理系の違いもあり、学生時代の接点はないだろう。

また、慶也氏の顔写真も貼ってあった。面長な輪郭と濃い眉、くっきりした二重瞼が南条家の血を表していた。


石清水慶也はシンポジウムの三日前、会社でパソコンを立ち上げメールを開いた。主催者の経済系雑誌社より参加予定者の名簿、ただし個人名は伏せ、会社名と肩書のみのものと事前質問のデータが送られてきていた。

百数十名の参加予定者一覧のエクセルシートを下にスクロールしていって、ある会社名のところでマウスの人差し指をとめた。「サガミ銀行・融資部・次長」とある。銀行員がシンポジウムに参加するのは特段珍しい事ではない。ただし今回のテーマはＡＩマーケティングである。銀行で関係するのは、法人部、個人部などマーケティング関連部署のほかは、企画部やシステム部だ。融資部門でＡＩというとＡＩによる融資の自動審査がある。しかし、今回のテーマには入っていない。しかもサガミ銀行である。純粋な動機の参加者ではないかもしれない。まあ、詮索してもしようがない。何か他意があっての参加者なら当日向こうからコンタクトしてくるであろう。

「サガミ銀行か」

直接は接したことはないが、浅からぬ縁がある社名を目にし、慶也はしばしば物思いにふけった。

実の父と母が離婚したのは自分がわずか二歳のときである。そのときの記憶はない。しばらくして物心ついたとき、五歳のときであったが母が再婚し父親ができた。今日からこの人がパパよと言われた。名前も二階堂慶也から石清水慶也になるからね、と母は幼稚園の名札やカバンにつけていた名前ワッペンを変えた。慶也にとって五歳にして三つ目の苗字である。

継父は優しい人で慶也を可愛がってくれた。しかし、二年後、三年後に立て続けに二人の弟が生まれると子供心に、いや子供だからこそ、家族の中で自分の扱いが変わるのを敏感に感じ取った。継父は自分にはよそよそしくなっていくし、母親も幼い弟につきっきりになった。周りの親せきも、たぶん悪気はないのだが、自分よりも弟たちをかわいがる。

三兄弟が成長するにつれ顔の特徴も明らかに慶也だけが違ってきた。慶也は孤独感を感じるようになった。自分だけ父親が違う、その事実は思春期の慶也にとって重いものだった。中学三年生のとき母親に「俺の本当の父さんは誰なんだよ」と問いただした。その声を聞きつけた継父がやってきて思いっきり頬を張られた。今にして思えば、彼なりに血のつながらない息子に愛情を注いでくれていたのであろう。叩かれたのはそれが最初で最後であった。

家庭で無口になっていた高校時代に慶也の心を満たしてくれたのが、パーソナルコンピューターだった。最初はゲームから入り、その魔法の箱の中身が知りたくて機械を分解してみたり、秋葉原でパーツを購入し自分で組み立てたりしてみた。小遣いはいくらでも出してもらえた。大学は理工学部に進み、システム工学を専攻した。

実の父親が南条慶一郎という人物だと知ったのは、大学二年から三年にあがる春休み、友人と海外旅行にいくためのパスポート申請がきっかけだった。パスポートの申請には戸籍謄本が必要である。両親に謄本が必要なことを告げると、もうお前も立派な大人だ、誰が父親かを知って自分で判断しなさいと言われた。自分で判断しなさいという意味が呑み込めなかったが、戸籍に記載されていた「南条慶一郎」という名を大学の図書館の人名辞典で見つけ出し、サガミ銀行の頭取であることがわかったときに合点がいった。もし実の父親のもとに行きたければ、サガミ銀行に就職しなさいという意味だった。しかし、銀行業界に興味が持てなかったし、今さら会ったこともない実父の庇護のもとで生きていこうとも思わなかった。

就職先は誰にも相談せず、今の会社の内定が取れてから両親に報告した。両親は会社名を聞き、サガミ銀行ではない一流企業への就職に安堵したような表情を浮かべ、お前はお前の好きな道で頑張りなさいと言ってくれた。弟二人は大学を出ればいずれ二階堂建設に入って要職に就くであろう。ただし、経営トップは二階堂姓の者と決まっているので彼らはその下の、役職に「副」がつくサポート役が上限だ。それが彼らに定められた道である。自分は自由だ。そのとき初めて自分の境遇を受け入れることができたように思う。

幼少期は寂しい思いもした。だが今では両親が離婚したこと、母親が自分を引き取ったこと、再婚したことに感謝している。感謝が言い過ぎであれば、それでよかったと思っている。もし自分が南条姓のまま実の父親の元にいれば、有無を言わせず敷かれたレールの上に乗せられ、今ごろはサガミ銀行の役員になっていたであろう。将来性の薄い銀行業の経営者などまっぴらごめんだ。仮に頭取の椅子を用意されてもだ。

シンポジウムが始まった。ＡＩを活用したマーケティングは今後の銀行業務にも大いに関係するところであり、来場理由が周りの参加者と同じであれば、若宮も興味深く講演内容に集中して耳を傾けたであろう。しかし、若宮の来場理由は別のところにあり、三時間のシンポジウムの間、お目当ての人物の人となりを観察することに意識を集中した。石清水慶也氏は一時間ほど単独で講演し、その後のパネルディスカッションのパネラーも務めた。

慶也氏の講演での話しぶりは身振り手振りを交えながら堂々とし、資料もわかりやすく整えられていた。クレバーなのは間違いない。

パネルディスカッションでは、その分野では重鎮と思われる大学教授や経験豊富なコンサルタントとの議論も臆することなくこなす。決して力づくで相手をやり込めるのではなく、相手を持ち上げつつ自説の方向に自然に議論を収めていく胆力としたたかさもある。

銀行員として二十年余り行内外のさまざまな経営者やビジネスパーソンと接してきた若宮には肌感覚でわかる。石清水慶也は間違いなく一流のビジネスパーソンである。銀行業務は未経験であり、経営能力も未知数だが、サガミ銀行の頭取候補としては十分だ。俺を含めて、いや俺を筆頭に周りを優秀な人間で固めればいい。これなら担げる。

シンポジウムのプログラムがすべて終了した。全体はお開きとなり、希望者が残って登壇者と名刺交換となる。若宮は石清水慶也氏の名刺交換希望者の最後尾に並んだ。数分してトイレに行ってきたのか若い男性が後ろに並んだが、どうぞといって順番を譲った。

若宮の番になり、サガミ銀行融資部次長の名刺を差し出した。慶也氏は一瞬戸惑いの表情を浮かべたがすぐに元の微笑に戻った。「大変勉強になりました」と決まり文句を言うと「そうですか、銀行さんもこれからいろいろな分野でAIを活用していくことになるでしょうね」と決まり文句で返してきた。

壁に掛けられてある時計は四時過ぎを指している。土曜の夕方だ、たぶん自宅に戻る以外に予定はないだろう。若宮は今日来た理由をぶつける。

「恐れ入りますが、これから少しだけお時間をいただけないでしょうか」

「どんなご用件でしょうか」

「当行の将来に関わることです。石清水様には関係ないとおっしゃられるかもしれませんが、それならそれでお気持ちをうかがいたいのです」

「そうですか…。わかりました。では荷物を整理しますので少しだけお待ちください」

若宮は事前に調べておいた会場近くの老舗珈琲店に石清水を案内した。この老舗珈琲チェーン店は、テーブル間の距離が広くとってありビジネスユース、商談でもよく利用されている。若宮が「ブレンドコーヒーを二つ」とウエイトレスに注文を伝えると先に石清水が切り出してきた。

「さて何がお知りになりたいのですか」

「単刀直入にお聞きいたします。サガミ銀行を継ぐおつもりはおありですか」

「えーと、若宮さんでしたっけ。サガミ銀行の名刺を拝見したときから、その話になるのかなとは思っていました。あなたは、南条家の方の指示で私のところにいらしたのですか」

石清水は若宮の質問には直接答えず、質問を返してきた。

「いいえ、誰かに指示されたのではありません。独断で参りました」

「しかしよく私のことを見つけ出しましたね。サガミの行員が私のところへ来たのは若宮さんが初めてですよ」

若宮は「実は」といい、自分が安藤銀行出身であり、世話になった支店長が慶一郎氏と同期で慶一郎氏の安藤銀行時代のことを聞いたことを説明した。ただし石清水慶也という名前にたどり着くには若干苦労したことを付け加えた。

「なるほど、そういう経緯でしたか」

「頭取、副頭取ともにそれなりの年齢になられ、誰が次のトップに就くのかが行員の重要関心事です。もちろん役員の中にも、公言はしませんが次を狙っている人間が何人かいます。しかし、私は頭取、副頭取を拝見する限り、行内の人間を後継者にしようとしているとは思えないのです」

「それで私のところへいらっしゃったと。私が後を継ぐ気があるのか、もしくは継ぐことが決まっているか否かを確かめるために。若宮さん、あなたがどちらの返事を期待しているのかはわかりませんが、私の答えはノーです。サガミ銀行を継ぐ気は一切ありません。可能性はゼロパーセントです」

「そのことは頭取や副頭取にはお伝えになったのですか」

「いいえ、私は御行の頭取にも副頭取にもお目に掛かったことはありませんし、手紙、メールも一度も出したことはありません。しかし向こうからは…」

慶也は、コーヒーカップに手を伸ばし、一口含んで続けた。

「社会人になって、御行の頭取から私に宛てた手紙が職場に届くようになりました。興信所でも使って就職先を調べたのでしょうか。自宅に送ると母が気づきますので職場に送ってきたのでしょう。最初の手紙の内容は、〝知っていると思うが自分が実の父である。就職おめでとう〟といった内容だったと思います。私は返事は出しませんでした。それからきっちり年に一度ずつ私の誕生日前後に手紙が届くようになりました。内容は、今サガミ銀行ではこんなことをやっている、地元の振興のために南条家でこんなことを始めた、などというものです。しばらくすると一度銀行を覗きに来てみないかという誘い文句が入るようになりました。私に会いたい、ではなく、銀行を覗いてみろです。その手紙をもらった頃です。南条慶一郎氏の意図をうっすらと認識するようになったのは。それから大学のOB会での活動の話題も徐々に多くなってきました。近年は日本全国の銀行の資金量や利益率の一覧表、サガミ銀行の独自路線を評価する金融庁長官の記事なども同封され、南条頭取やサガミ銀行がいかに社会的に評価されているかを強調するようになりました」

なるほど、頭取がサガミ銀行や自身の社会的な評価を上げる意図、OB会活動に熱心な理由はそこにあったのか。

「しかし、私にとっては傍迷惑な話でしかありません。私は今の仕事で充実しています。これからもこの分野で生きていくつもりです。一般論で言っても、上場企業で、まして公共性の高い銀行が世襲の時代でもないでしょう」

「ご再考の余地は」

慶也はきっぱりといった。

「ありません。確かに生物学上、私はサガミ銀行頭取の南条慶一郎氏の血をひいています。それは紛れもない事実です。ただし、そのことが私自身の今までの人生と今後の人生を左右することはありません。私の人生にはサガミ銀行も南条氏も些かも関係ない。そう思ってきたからこそ、お返事も一度も差し上げませんでした」

若宮は潔く頭を下げた。

「残念です。今日お目に掛かって、率直に申し上げて当行の将来を担っていただける方だと思ったのですが」

「お言葉はありがたいですが、買いかぶりすぎですよ。私から南条家にコンタクトすることはこれからもありません。もし、機会があれば若宮さんから南条慶一郎氏にお伝えください。石清水慶也は、サガミ銀行を継ぐつもりはない。ただ、この世に生を授けさせてくれたこと、その一点だけには感謝していると」

若宮は、一瞬でも軽い気持ちでこの人物なら担げると思った自分を恥じた。と同時に頭取への伝言という背負わされた荷物の重さを感じた。

「若宮さんの口からおっしゃるのが難しければ、それで取った音声をそのまま彼の前で流していただいても結構ですよ」

石清水慶也は若宮のスーツの胸ポケットのペン型ボイスレコーダーを指さして言った。

「いや、参りました」

「私も同じものを持っていますので」

二人は同時に軽い笑い声をあげた。


石清水慶也と別れた帰り道、当初の目論見が外れた若宮に落胆はなかった。

これはカードになる。俺だけが持っている情報だ。

頭取には実の息子がいるが、息子はサガミ銀行を継ぐつもりはない。このことを知っているのは行内では俺だけだ。頭取も副頭取も役員連中も誰も知らないはずだ。

証拠となる音声も押さえてある。いつ、どうやってカードを使うかはこれからの展開次第だ。

一番効果的なタイミングで使ってやろう。それが明らかな功績につながるように使ってやる。

†††

週明け月曜日の午後、若宮の机の電話が鳴った。

「はい、若宮です」

「よかった席にいてくれて」

相手は秘書室長だった。

「実は、一昨日の夜中に副頭取が緊急入院されました」

「本当ですか」

若宮は驚いた。

「くれぐれも内密ということで」

秘書室長は電話の向こうで声をひそめた。

「若宮次長をお呼びするよう副頭取からことづかっております」

病院の場所を聞いてから、若宮は受話器を下ろした。

「何か問題でも起きたのかね」と大仏様が部長席から声をかけた。

「いいえ、大したことはないようです」

若宮は平静を装った。

「ちょっと担保不動産で見ておきたい物件があるので行ってきます。今日は直帰になるかもしれません」

「そう、ご苦労さん」

部長に軽く一礼して机を離れると、若宮は気が急いた。なぜ自分に直々にお呼びがかかるのかわからなかったが、とにかく本店の建物の前でタクシーに乗り込んだ。

地域でも指折りの総合病院に着くとエントランスの隅で女性秘書が待っていた。四層吹き抜けの緑があふれるロビーを進む。アジアの富裕層の取り込みに熱心な病院だけあり、高級ホテルのようだ。

「副頭取は特別個室に入院されています」とエレベーターの中で秘書が言った。

「ご家族の皆さまは、今はご自宅に戻られていらっしゃいます」

容態など詳しく聞きたかったが、おそらく話してくれないだろう。黙って後ろをついていく。

「こちらです」と扉の前で秘書は一礼して、廊下を戻っていった。

ノックをして扉を開けると、明るい陽光が目を刺した。広い特別個室は角部屋のコーナータイプの造りになっていて、広い窓から富士山と相模湾の眺望が広がる。

「夕暮れの景色が楽しみだ」と副頭取はベッドから上体を起こして言ったものの、顔色は蒼白で、腕にチューブの針が二本も刺さり、白色と黄色の薬品の点滴が落ちていた。目の下の黒っぽい隈が濃く目立つ。

「胃がんの末期だ。すぐに逝く」

副頭取はこともなげに言った。

「お不動様の水も効かなかったようだ」

若宮は言葉を思いつかなかった。

「深刻な顔をするな」

副頭取は痩せた頬をほころばせた。

「花は散るものだ」

特別個室に副頭取はお気に入りの絵を運ばせていた。アートのない世界は暗闇だという。

「この四枚のリトグラフは誰の作品かわかるかね」

あいかわらず若宮のことを試す。リトグラフとは版画のことだ。四枚それぞれに古代ギリシャ風の衣装を着けた物憂げな表情の女性たちが描かれ、寒さにこごえる小鳥、芽吹きはじめた若葉、夏に咲くひなげし、葡萄と菊に彩られている。よく知られた作品だ。

「アルフォンス・ミュシャですね」

「正解だ。アール・ヌーヴォーを代表する芸術家だよ。作品のタイトルは？」

「『四季』です」

副頭取は笑い声をあげた。

「今日で君との美術談義が終わってしまうのは誠に残念だな。ところで、この『四季』の連作は本来、冬からスタートする。謎だと思わないかね」

確かに、作品は冬、春、夏、秋へと壁に飾られていた。日本では季節は春にはじまって冬に終わることを考えると違和感がある。

「ミュシャの祖国チェコは、数百年にわたって大国の支配を受け続けていた」

副頭取のくぼんだ眼に熱が宿るのを、若宮は不思議な心地で見つめた。

「ミュシャはこの『四季』の連作で、〝今は冬の季節にある祖国だが、いつか必ず復活の春の季節が到来する〟という希望を伝えようとしたのだよ。そして今、銀行は暗い冬に凍っている」

副頭取はまっすぐ若宮を見つめた。

「銀行の将来のために朝岡たちの所業をしっかり記録に取って、この先にサガミ銀行で何か事が起きたら、イザというときに使って欲しい。銀行に春を呼び込むために」

春とは南条家の血を引く男子の慶也のことだと若宮は思った。朝岡グループに収益を稼がせてサガミ銀行の後継者の座を魅力的なものと見せつける。頭取が御田会の会長就任にこだわるのも同じ目的だろう。そして慶也が頭取に就任した暁には、朝岡はじめグループの支店長たちを排除する目論見であったのだ。朝岡がいては慶也の目の上のたんこぶになる。朝岡たちは捨て駒だったのだ。

「私の亡きあと、朝岡が役員に就任する」と副頭取は言った。

「それは既定路線なのでしょうか」

副頭取は力なく笑った。

「兄は、銀行経営は素人同然だし、頭の中は御田会の会長への野心でいっぱいだ。私がいなくなれば、朝岡に頼らざるを得ない」

一瞬、若宮はボイスレコーダーの録音内容を副頭取に聞かせるべきかと迷った。

いいや、そんなことはできない。

死の床についた老人の最後の希望まで消すことはできない。

「私は幼い頃から南条家の男として生きてきた。一家が心血を注いできた銀行は兄だけでなく、私のすべてでもある」

南条慶次は若宮に最期の言葉を伝えた。

「銀行に春を呼び込む手助けをして欲しい。いらない老木は伐採して、芽吹きはじめた若葉たちに存分に陽を当ててやってくれ。それが私の願いだ」

若宮が病室を去ったあと、南条慶次は秘書に二人の男を呼ぶように命じた。

「当行のバランスシートの現状を踏まえると、およそ一〇〇〇億円が資産の棄損に耐えられるボーダーラインです」と年配の男が資料を見せながら説明した。

もう一人の男は黙ったまま慶次の背中をさすっている。

「そこに達しないで終わって欲しいものだ。銀行が痛み過ぎては元も子もない」

「承知いたしました」

南条はもう一人の男に語りかけた。

「あの人は自分の願いが叶わないと知っても、お前を迎え入れて頭取にすることなど許さない。お前のことはあくまでも息子の補佐役としか考えていない。私が元気でいれば、あの人より長生きできればよかったのだがそうはならなかった。となればお前が頭取になるには手はこれしかない。ファンドの代表者には話を通してある。あのとき、相模原支店であいつの実家を助けたことがここで役に立つとはな。成功するかどうか、賭けの部分もある。それに少々乱暴なやり方だがわかってくれ」

男は父の目を見て頷いた。

二人を送り出してベッドに横たわる南条の瞼に若宮の顔が浮かんできた。若宮は私の思い通りに動いてくれるだろうか。若宮の履歴書を見たとき可能性を感じた。採用面接で入行店の支店長名を聞き運命を感じた。その支店長の名は兄の口から聞き覚えがあった。そして何度も会ううちに確信を持った。この男ならやってくれる。私が見込んだ男だ、きっと私の想いを果たしてくれる。あの人を銀行から追放し、新しいサガミの経営者を支えてくれることだろう。

一週間後、南条慶次はこの世を去った。サガミ銀行副頭取の椅子は空席になった。

第五章　安藤銀行　文書保管センター

六月、サガミ銀行定時株主総会で朝岡勇雄の取締役就任が認められた。同時に澤部治が営業推進部長に就任した。横浜みなとみらい支店の後任支店長は朝岡会から着任した。

翌日は梅雨の晴れ間の青空がすがすがしい日だった。

「あなた、起きて」

妻の声で澤部は目を覚ました。

「もうすぐ正午よ。いくら土曜日でもそろそろ起きないと」

「すまん」

澤部は大きく伸びをしてからベッドから起きた。昨夜は朝岡会のメンバーたちと横浜で飲んでいた。朝岡の取締役、澤部の営業推進部長への就任を祝う会で、尾風は出席していなかった。宴は遅くまで続き、タクシーで平塚の自宅に着いたのは深夜三時過ぎだった。

「昼ごはん用意するから、早く身づくろいしてきて」

「子供たちは？」

妻が素気なく言う。

「用事があるみたいよ。さ、早く」

お酒臭くて嫌だと妻は澤部の背中を押して浴室へ連れていった。澤部はしぶしぶパジャマや下着を脱いでシャワーを浴びた。

「ヒゲもきちんと剃ってね」

「はい、はい」

浴室から出ると、バスタオルと妻が最近購入してきた部屋着が用意してあった。ビープスというう有名ショップの商品だという。澤部は近所のホームセンターで買ったスウェットの上下で十分だと思うが、妻の意見は違った。

「部長になったのよ。部屋着だってそれなりのものを身に付けないと」

それにしても二万円越えの価格は高いんじゃないかと思う。けれど、実際に着てみると肌触りは心地いいし、脚がだいぶ長く見えるのも気に入った。

「ダンディの休日って感じだな」

鏡に映る自分の姿を見て、昔のアイドルのように両手で髪をかき上げてポーズしてみる。

「あなた、まだなの」

妻のじれったそうな声がドアの向こうから聞こえた。

「今すぐ行くよ」

あわててドアを開けて廊下を進む。二階の娘と息子の部屋は人の気配がしなかった。今日はサッカーの練習は休みと聞いていたが、二人とも出かけているのだろう。娘は最近は学校の友人との社交生活に忙しそうだ。

「もう、早くしてよ」

妻の声に肩をすくめて、澤部はリビングのドアを開いた。その瞬間、紙吹雪が撒かれ、パパーンというクラッカーの音が鳴り響いた。

「パパ、部長就任おめでとう」

子供たちの声と拍手に包まれて、澤部は眼を見張った。

「驚いたな」

リビングはカラフルな色の風船や、折り紙で作った輪っかの飾りが吊るされ、ハート型に切り抜いた紙や花が壁に貼られている。

「さ、乾杯しましょう」

妻がスパークリングワインの栓を抜いた。子供たちはそれぞれ好きなジュースだ。

「乾杯」

家族はグラスを合わせた。

「ありがとう。ママ、星奈、高志。世界で一番の幸せ者だよ、パパは」

白いテーブルクロスを張った食卓に見慣れない料理が並んでいる。

「この料理はなんていうんだい」

澤部が尋ねると星奈が得意顔で答える。

「これはカナッペ。こっちはピンチョス。これはキッシュよ」

「よくわからないカタカナばかりだな」

「星奈が学校のお友達のティーパーティに招待されたときに、あちらのお母さんが作ってくれたそうなのよ」

「ネットでレシピを探して、ママに協力してもらって作ったの」と星奈がいった。「友達のパパは会社の役員なんだって。すごいよね」

「あら、パパもすぐに役員になれるわよ」

娘の手作り料理を満喫していた澤部は、妻の言葉にむせた。

「部長になったばかりだぞ」

「でも、南条家には跡継ぎがいないんでしょう。業績を引っ張る朝岡さんが頭取に就くのだって非現実的な話じゃないわ。そうなったら、あなたが取締役よ。いいえ、そのうち頭取になる可能性だってあるかも」

「パパ、頭取になったらすごいよ」と息子が興奮気味に言った。

「プレッシャーをかけるなよ」

澤部は苦笑いする。さりとて、野心がないわけではない。トップ人事にまさかは付きものである。京子の言うとおり可能性はあるのだ。

「さあ、お祝いのフィナーレよ」

妻の言葉にうなずいて、星奈と高志が立ち上がった。

「三人で頑張って作ってみたの」

しばらくして娘と息子が白布をかけた銀のトレイを運んできた。トレイは横浜の元町のアンティークショップで購入したものだという。五〇センチ四方もあり、古の貴族の晩餐会を彷彿させた。

「いくよ。せーの」

白布が外されて、『お菓子の家』が現れた。

「クッキーを焼いて、チョコレートでくっつけて組み立てるのよ。最近、流行っているの。インスタ映えするでしょ」

娘が得意そうな笑顔を浮かべる。

「でもね、もっと映えを狙えるのよ」

手際よくむいたオレンジをお菓子の家の周りに並べて、ブランデーを振りかける。

「フランベするの。高志、お願い」

息子がろうそくの火をオレンジに近づけると、炎が音を立てて天井めがけてあがった。

「やばい、ブランデーかけ過ぎだよ」

あわてて火を消したものの、お菓子の家は無残な姿になってしまった。

「びっくりするほど美味しいよ。大丈夫だ」

澤部は黒く焦げたお菓子の家を頬張って、優しい笑顔を家族に向けた。

†
†
†

八月の後半、尾風は本店の会議室で吉永と向かい合って座っていた。この部屋で、ほんの二年前、澤部に部下の指導のやり方を親身になって教えてやった。今思えば、あいつの涙の演技にすっかりだまされてしまった。

「お忙しいところ申し訳ありません」と吉永が言った。

「いやいや、暇でなあ」と応じて、澤部と同じ会話を交わしたことに思い当たった。

「どういった用件かね」

「退職の挨拶に参りました」と吉永は神妙な顔つきで言った。「尾風さんには大変お世話になったので、直接ご報告したかったのです」

「そうか。君みたいな優秀な人材が辞めるのは当行にとって非常に残念だな」

「とんでもありません」

吉永は大げさに首を横に振った。

「尾風さんのような気骨のある人が営業推進部長に就けなかったことのほうが、サガミ銀行にとって大きな損失に違いありません」

「ありがとう。嬉しいよ」

久しぶりの笑顔だった。

「ま、俺もここで終わるつもりはない。起死回生のチャンスはいくらでもある」

「朝岡取締役に避けられていても？」と吉永が静かに言った。

「澤部さんも部長としての貫禄が日ごとに増しているそうですね。本店は噂話がいっぱいだ」

尾風の顔が怒りに赤くなった。

「何が言いたい」

「終わり、ってことですよ。ライバルが椅子取りゲームに勝ったら、敗者は追い出される。どの組織でも当たり前のルールです」

「ふざけるな」と尾風は怒鳴り声をあげた。「俺はまだ負けていない」

「私も応援しています」

吉永はにっこり笑ってカバンからＡ４のファイルを取り出し、尾風の眼前に置いた。

「そこで、起死回生の切り札をご用意しました」

尾風は渡されたファイルのページをめくりながら、興奮気味に訊いた。

「この資料、どこで手に入れたんだ」

「澤部部長、どういう顔するかな」

吉永は質問に答えずに言った。

「餞別代りに買ってください。四〇〇万円でいいです」

「そんなに払えんよ」尾風は不愛想に言った。

「では、澤部部長に一〇〇〇万円で売ります」吉永はファイルをカバンにしまった。「あの人なら価値がわかりますからね。尾風さんにはお世話になった義理からタイムセール価格でご提案しただけです」

吉永はドアへ向かった。

「四〇〇万円でいいんだな」

「申し訳ありません、お客さま」吉永は深々と頭を下げた。「タイムセールは終わってしまったんです。五〇〇万円お支払いください」

尾風は腹ただしそうに吉永をにらんだ。

「それでいいだろう」

「楽しみにしています」

†††

九月に入り、月例の頭取巡回が行われた後、若宮は融資部の自席でハッピーデイズ社の資料に目を通していた。

『お菓子の家』向けの融資は銀行全体で合計一〇〇〇億円に迫っていた。

大仏様によると、本部の全部長を集めた部長会議でもいくら何でも増やし過ぎではないか、シェアハウスのニーズがそこまで本当にあるのか、という声が聞こえてくるようになっているらしい。澤部営業推進部長がつべこべ言うなと押さえ込もうとするが、新米部長でもあり前任の朝岡ほどの迫力はない。恐らく他部署の部長は先々『お菓子の家』が不良債権になったときに「私は言っていましたよね」といえる保険をかけているのだろう。動機はさておき、融資部とすれば営業推進部門に対する援軍にはなる。

「若宮次長、すみません」

佐々山が一枚の紙を差し出した。

「今朝、部長に拡大コピーするように指示されて、ハッピーデイズ社の資料ファイルから抜いたままでした」

ホームページ上にあった代表者プロフィールを印刷したものだ。

「わかった。ファイルに戻しておくよ」

受け取った資料をざっと見て、代表者の写真のところで若宮は視線を止めた。この牧之瀬優司という男はいったい何者なのだ。しばらくその顔を眺めているうちに心がざわつき始めた。どこかで見たことがある。たぶん会った人間ではない。映像か画像だ。

写真！

若宮はスマートフォンを取り出すとアルバムを開いた。目当ての写真を見つけると親指と人差し指で拡大してみる。写真の人物は眼鏡をしている。眼鏡を取った顔を想像してみる。これだ、この人物だ。間違いない。

若宮は急いで誰もいない会議室に入り、塚本誠二に電話をかけた。

最初に塚本夫人が出て、本人に代わった。

「支店長、若宮です」

「もう支店長はよせよ」

「すいません。ほかに呼びようがなくて」

「まあいい、なんだ」

「以前お邪魔した際に拝見した写真についてです」

「ああ、君もスマホに撮っていたな」

「はい。あの写真には四人が映っていましたが、支店長と南条頭取と貴子さん。そして残りの一人は、もしや牧之瀬さんという方ではないですか」

「なんだ、牧之瀬のことを知っているのか」

「やはり…。牧之瀬さんについて、いや、牧之瀬さんと南条頭取の関係についておうかがいしたいのですか」

「どういうことだ」

若宮は、今サガミ銀行で問題になっているハッピーデイズのシェアハウス融資のスキームと、そのハッピーデイズの代表者が牧之瀬優司という名前であること。優司の顔が写真の人物と似ていることを説明した。

「つまりそのハッピー何某とかいう会社は、いずれ不良債権になると懸念される案件を、書類を偽造してサガミに持ち込んで融資させているというわけか」

「問題が表面化すればサガミの自己資本は大きく毀損するでしょう」

「となれば、頭取の南条の経営責任も問われかねないな」

「そういうことになると思います」

しばしの沈黙のあと、塚本がいった。

「よかろう。話をしよう。だが少々長くなる。会って話そう。今からこちらに来られるか。場所は外の喫茶店にしよう」


若宮が指定された松戸駅前の喫茶店に入るとすでに塚本は席についていた。腕を組み、遠くを見るような目をしている。

若宮は席に着き、コピーしてきた牧之瀬優司の写真を塚本に見せた。

「確かに似ているな。年はいくつだ」

「昭和四七年生まれの四五歳です」

「俺たちの入行年度が昭和四四年。牧之瀬は早くに子を持った。まず間違いなくこの人物は牧之瀬の息子だろう」

「やはりそうでしょうか」

「南条と牧之瀬英彦には因縁がある。いや、俺も含めてだ。前に君が来たときには、南条の息子の話だけをすればいいのかと思っていた。それに俺にも若干の後ろめたさみたいなものがあったのかもしれん。決して意識的に君に隠したわけではないが、すまん」

若宮は頷くだけで黙って聞いていた。

「これから話すことは、俺が直接牧之瀬から聞いたことと、彼の一周忌に奥さんから彼の日記を見せてもらって知った話を繋げ合わせたものだ。細部に記憶の曖昧な部分もあるが、大筋では間違いないはずだ」

塚本の話は一時間以上に及んだ。

それは、ある人物をめぐる、実にやるせない話だった。

やがて塚本が話し終わると二人はしばし押し黙った。

沈黙を破ったのは塚本だった。

「まさかこんなことになるとはな」

「牧之瀬優司は、意識的にサガミ銀行に近づいてきたのでしょうか」

「さあ、どうかな。最初のきっかけは偶然だったのかもしれないが、今は意識的にサガミと南条を追い詰めようとしているのは確かだろう。君はどうするつもりだ」

「この情報、このカードはいずれ銀行の将来のために使わせていただきます」


同じ頃、牧之瀬優司は横浜市近郊の坂道を、花束を片手に上っていた。すれ違う人がいると見知らぬ相手でも「こんにちは」「ご苦労様です」と声を掛け合う。水場に行き、手桶に水を汲む。ここで水を汲むのはもう何回目になるのだろうか。

今日は父親の月命日だった。仕事の都合で来られないこともあったが、毎月できるだけ父と母に会いに来るようにしている。

牧之瀬は墓碑に柄杓で水をかけ、布巾で丁寧に汚れを落とした。花を手向け、線香を供え、両手を合わせる。こうしているとなぜか心が落ち着く。

父さんは今の俺を見て、何というのだろうか。よくやっているといってくれるだろうか。

復讐は完結に近づいている。牧之瀬は墓碑を見ながら父の日記を思い出していた。


牧之瀬の父、牧之瀬英彦が安藤銀行に入行して四年目の三月の土曜日のことである。牧之瀬と南条慶一郎に二名を加えた同期四名で横浜の戸塚にある南条が会員になっているゴルフ場でラウンドをした。

牧之瀬は自家用車を購入したばかりで見知らぬ場所への遠出の運転にはまだ自信がなく、ゴルフ場との往復を南条の車に同乗させてもらうことにした。

午前中のラウンドが終わり、クラブハウスのレストランで名物のビーフカレーとともに南条は瓶ビールを注文した。同行者が「南条は車だろ、大丈夫か」というと、南条は「汗をかいて帰りには抜けているさ」といい、中瓶一本を飲み干した。昭和四〇年代の後半で、まだレストランも車と酒に甘かった時代である。体質的に酒が苦手な牧之瀬はカレーと水だけで済ませた。

午後のラウンドも終わり帰路につく。ゴルフ場近くのインターチェンジから高速に乗り、一般道に降り、横浜市南部の牧之瀬の自宅で牧之瀬を降ろし、南条は鎌倉の自宅へ向かうというルートだった。一般道に降りると土曜の夕方でもあり、幹線道路は渋滞し始めた。抜け道を通っていくかといい、南条は住宅街のほうにハンドルを切った。順調に見えた運転に落とし穴が待っていた。前方に駐車していた車の陰から急に猫が飛び出してきたのだ。南条は反射的にブレーキを踏みながらハンドルを右に切った。ドスンという音とともに南条と助手席にいた牧之瀬の体が前後に動いた。やってしまった。バンパーが民家の黒い塀に衝突したのだ。しばらく呆然としたのち、お互いに怪我の有無を確かめた。どうやら二人とも体は大丈夫そうだ。

南条と牧之瀬は車の外に出た。車と塀をみると損傷は大したことはなさそうだし、人が挟まっていることもない。顔を見合わせた二人の間に一瞬ほっとした空気が流れた。周りにはまだ人は来ていない。すると、南条が「頼む、代わってくれ」という。「お前が運転していたことにしてくれないか」

南条はビールを一本飲んでいた。酒酔い運転にはならないかもしれないが、酒気帯び運転にはなるだろう。牧之瀬は自分が送ってもらったうえでの事故で後ろめたさがあった。自分がクラブバスと電車を使っていれば南条は事故を起こさずに済んだのだ。幸い軽い物損事故である。警察からも銀行からも大したお咎めはないだろう。わかったといい、自分が罪を被ることにした。

そのタイミングで男が一人、家の中から出てきた。車と塀を見て「あーやってしまいましたね。まあ、大したことはなさそうだ。怪我はないですか」といった。続いて「念のため運転していた方のご連絡先を教えてください」と言われ、牧之瀬は名刺を渡した。

このようなときは、この男の家の電話で警察を呼んでもらうものなのだろうかと牧之瀬が考えていたとき、近くをパトロールしていたのか、自転車に乗った制服姿の若い警察官が「どうかしましたか。事故ですか」と呼び掛けてきた。

男は「うちは被害者だからこの人たちから話を聞いてくれ」といって後ろを向いた。牧之瀬と南条は、警察官に車は南条の物だが、牧之瀬の家に向かっていたので道がわかる牧之瀬が運転していたと説明した。警察官は二人の説明に不審を抱かなかったようで、聴取した内容、住所、氏名、連絡先などを淡々と書類に記入した。警察官は最後に「もし、何かあったら警察に連絡してください」と言い残して去って行った。

その後、南条から塀の修繕費は自動車保険で支払った、あの車は廃車にした、と聞いた。牧之瀬は銀行の人事部に交通事故の顚末書を提出したが、受けたのは処分の中では最も軽い戒告であった。

事故のことを忘れかけた三カ月後、牧之瀬に総務部から呼び出しがあった。牧之瀬はその頃新宿支店に勤務しており、日常業務で大手町の本店総務部とはつながりがなかった。不安を抱えながら総務部の部屋に入ると年配の課長と若い係長が出てきた。

初対面の課長は、一枚の名刺のコピーを見せ「この人物に心当たりはあるか」と問うた。名刺は特徴的な行書体で書かれていた。所属組織名「――経済研究所」も一見してその筋とわかる。名前は南条が車をぶつけた黒い塀の家の持ち主だった。

しかし、塀の修繕費は支払っているはずでそれ以上の問題はないのでは、と聞いた。課長は眼鏡を上にずらしながら、「あちらは、事故直後の運転席の写真を持っているといっている。何のことを言っているのか心当たりはあるかね」と重ねて聞いてきた。

そうか、撮られていたのか。

ごまかしは利かないと思い、実際に運転していたのは酒を飲んでいた南条で、自分は頼まれて身代わりになったことを伝えた。課長も係長も事実関係を聴取するだけで、個人的な感想は述べなかったが、「やってくれたな」と感じていることが伝わってきた。

最後に課長は、「本件は他言無用。南条とも一切連絡を取るな」といった。

たぶん、黒い塀の家の男は安藤銀行に秘密を守る見返りとして何らかの便宜を図るように持ち掛けたのであろう。銀行も若い末端の行員の単純な物損事故であれば筋の通らない要求は突っぱねる。しかし、今回発生したのは親密地銀から預かっている御曹司が絡んだ交通事故の身代わりという不祥事だ。マスコミに持ち込まれたり、株主総会で公にされでもしたらやっかいだ。無視するわけにはいかない。

牧之瀬は総務部がどう処理したのかはわからない。カネを渡すことはないだろう。息のかかった企業の商品やサービスを銀行が利用するというのが目立たずに利益供与する方法だ。

翌月、牧之瀬に「文書保管センター」への異動を命ずる辞令が降りた。明らかな左遷人事である。支店の他の行員が腫れ物に触るように接する中、同期の塚本誠二がちょっと来いよと裏の駐車場に牧之瀬を連れて行った。本店総務部に行って以来元気のない牧之瀬を塚本は気にしていた。そしてこの異動の発表である。いったい何があったんだよ、と聞く塚本に牧之瀬は事故のこと、総務部であったことをすべて述べた。塚本は「すまん、俺のせいで」と謝った。当初ゴルフへはゴルフ好きの塚本が誘われたのであるが、親族で不幸があり、急遽、牧之瀬がメンバーとなった。お前は何も謝る必要はない。自業自得だよと口では言ってみたものの牧之瀬の無念さは隠せない。

「お前より南条だ。南条がビールを飲まなければ、あのまま幹線道路を走っていれば、俺に身代わりになれと言わなければ。いや何より、俺が身代わりを断っていればよかったんだ」

そういって涙を流す牧之瀬に、塚本はかける言葉を思いつかなかった。

安藤銀行の文書保管センターは千葉県の中央北部の佐倉市にある。文書保管センターというのは、支店や本店各部の保管庫では保管しきれない入出金伝票、稟議書、報告書等の書類を、定められた保管期限まで保管しておく施設である。通常は定年間際の行員、ただし出世コースには乗らなかった行員が所属することが多いが、時おり牧之瀬のように問題を起こした行員が実質的な肩たたきのために送られてくることもある。

文書保管センターでの仕事はこのようなものだ。支店などから段ボール詰めにされて送られてきた文書を箱から取り出し、種類と保管期限ごとに区分けされた巨大なスチール製の倉庫棚に収納し、保管台帳に記録していく。時おり支店から、何年何月何日の何々の書類が見たいので送って欲しいなどの要請があるので棚から探し出し送ってやる。五年、一〇年など保管期限が到来した文書があればシュレッダーで裁断し、焼却業者に渡す。仕事としては単純で難しいものではない。それらの通常業務が暇なときには〝職場環境の整備業務〟を行う。具体的には敷地内の庭の草むしりだ。ただしそれは伝統的に一番若手の仕事とされており、牧之瀬は着任した当日から草むしりも担当となった。

重要書類を意図的に持ち出さないように通勤カバンの持ち込みは禁止されており、抜き打ちでスーツのポケットの身体検査も行われた。コピー機はセンター長がカギを持っているコピー室に一台あるだけで、勝手に書類のコピーが取れない仕組みになっている。

牧之瀬の自宅のある横浜市南部から千葉県佐倉市までは、東京を横断する形となり電車に乗るだけで二時間かかる。自宅から駅までと駅からセンターまでの時間を含めるとドアツードアで三時間弱である。始業の九時に間に合うために早朝六時に家を出る。残業はない職場なので夕方五時にセンターを出て帰宅時間は八時となる。

これでも一生食いっぱぐれることはないと開き直ればよかったのかもしれない。しかし牧之瀬にはそうはできなかった。

牧之瀬は有名国立大学を出て安藤銀行に入行した。銀行に入れば一生安泰と言われていた時代である。入行店も新宿支店で銀行に期待されていたと思うし、営業成績もまずまずだった。親も喜んでくれたし、自分の家庭も築いた。

中学高校であれだけ勉強して大学に入り、大きな希望を持ち入行した銀行でわずか四年で文書の収納とシュレッダー掛けと草むしりに明け暮れる日々になろうとは。この生活がこれから何十年と続くのか。牧之瀬の心は徐々に病んでいった。センターでは仕事で必要なこと以外は話さない。家庭でも無口になった。

仕事中の集中力も失い、ある日、間違って保管期限内の文書をシュレッダーにかけてしまった。イカの足のようになった紙を一人でただ黙々と一週間かけてセロファンテープで張り合わせた。

最後の一線を越えなかったのは、小さな希望があったからだ。銀行もいつかは自分を許してくれるのではないか。いわば有期刑の懲役囚のようなものだ。俺はまだ若い、一定の期間が過ぎれば人事部も現場に戻してくれるはずだ。もう大きな出世は望めないだろうが、定年までには何とか係長か課長くらいにはなれるかもしれない。

小さな希望も失ったのは、センターに来て三年が過ぎ三〇歳を超えたときである。ある日、本店総務部から保管書類の段ボール箱が届いた。表書きにある日付を見ると牧之瀬を追い込んだ事故当時の書類で、書類ファイル名は「マル暴関連案件」とある。

書類を勝手に見ることは固く禁じられているが、牧之瀬は我慢できなかった。急いで段ボール箱からファイルを取り出し書類をめくった。牧之瀬の事情聴取とともに南条の事情聴取の文書も保管されていた。

南条の言い分は、「牧之瀬が身代わりとなることを提案してきた。自分は断ったが押し通されてしまった」と書いてある。自分がビールを飲んだことも否定している。思わず、嘘だ、と呟いた。総務部の資料とともに人事部意見も付してあった。

—人事部意見—

「牧之瀬英彦は、遵法精神に欠け、虚言癖もある。安藤銀行の行員として不適格といわざるを得ない。しかしながらいったん戒告処分としていること、また本件の事故相手の特殊性を鑑みこれ以上の正式な処分は困難である。したがって文書保管センターへの異動とするのが適当と思慮する。なお、センターへの所属期間は定めない。当行在籍中はセンターへの勤務とすべし」

たぶん人事部の行員記録にも、牧之瀬のデータには同様のことが記録されているだろう。もう終わった、いやすでに終わっていたのだ。

牧之瀬はその日の夜、自室で両親、妻、息子の優司、そして最後まで連絡をくれていた塚本に宛てた手紙をしたためた。優司にはただ一言「強く生きろ」とだけ書いた。手紙を書き終えるといつもの晩のように日記を開き、最後となるページにペンを走らせた。

翌朝、牧之瀬英彦はそれまでの三年間と同じく六時に家を出た。センターに到着するとそのまま屋上に向かい、フェンスの脇に着くと靴を脱いで丁寧に揃えた。そして最後に大きく息を吸って自分が三年間草をむしっていた庭に飛び降りた。

牧之瀬優司が生まれたのは小さな交通事故の四カ月前であった。父が自ら命を絶ったときは四歳になっていた。大きく引き伸ばしされた父親の写真に皆が手を合わせてお辞儀していく姿を見て、父が偉くなってどこかへ行ったのではないかと思っていた。父が偉くなったのに、母が泣いていることが理解できなかった。偉くなった父はいつか帰ってくるものだと思っていた。しかし、いつまで待っても帰ってこない。翌年、母は体調がすぐれなくなり入院してしまった。残された優司は母の兄のもとに引き取られ、そこから小学校に通うようになった。

小学校にあがると少しずつ人の死を理解するようになり、父親はもう帰ってこないと諦めた。父親からの最後の手紙の文字も読めるようになったが、父親の顔も声も思い出せない。母親は闘病生活を続けたが、小学校四年生のときに帰らぬ人となった。

伯父夫婦は優司を大事に育ててくれた。夫婦には優司より二つ上の娘がいるだけだったので息子のように思ってくれたのかもしれない。

二〇歳の誕生日が過ぎたとき、伯父から六年分の日記を手渡された。父は学生時代から日記を付けていたらしい。これはお前の両親が結婚してからの父親の日記だ。お前の母親から「優司が二〇歳になったら渡して欲しい」と託されたものだと伯父がいう。

伯父は「実は俺も読ませてもらった。大変つらい内容で、妹との約束通り渡すべきかどうか悩んだ。ただ、息子の君に夫の死の真実を知って欲しいという妹の願いを叶えることが兄の務めだと思う」といった。

最初に父の日記を読んだときは、安藤銀行の非情な仕打ちに憤怒した。しかし社会人となり銀行という大組織の理屈や事情も、到底納得はできないが理解はできるようになってきた。代わりに南条慶一郎に対する黒い感情が増してきた。父の人生、母の人生、自分の人生をぶち壊しにしたサガミ銀行頭取南条慶一郎という人物の人生も、いつかこの手でぶち壊してやりたい。やつの大切なものを奪ってやりたい。

伯父に大学を出させてもらい、中堅の不動産会社に就職し、それを機に伯父の家を出た。不動産会社に就職したのは、不動産屋になればいつか取引先としてサガミ銀行の南条と遭遇することもあるのではと考えたからだ。曲がった理由で選んだ業界であったが性に合っていたのか営業で好成績をあげ、数年で営業所長を任せられるまでになった。南条への恨みはなくなることはなかったが、現実的にどうやって復讐するのかその手段も思い浮かばずに日々の仕事に追われていた。

仕事は順調で三五歳のときにそれまでの会社を退職し、不動産会社ハッピーデイズを立ち上げた。最初は小さな仲介や管理から請け負い、徐々に取扱高を増やし事業は軌道に乗っていった。社員も三〇人を超えたところで勃興期だったシェアハウスのマーケットに『お菓子の家』ブランドを投入して参入した。

『お菓子の家』で不動産業界に新しい風を吹かせようと思っていたのは事実である。最初の頃はうまく行った。土地もいい物件を仕入れられたし、地方から上京する女性の入居者も順調に集まった。結果、投資家への家賃保証も問題なく履行できた。しかし徐々に優良土地の仕入れが難しくなってくる。入居率も月ごとにじりじりと落ちていく。沈没するのを避けるには、入居率を上げるのが一つ、これは正道。もう一つは新規物件を立て続けに売り、その利益の一部を家賃保証に回すことだ。こちらは自転車操業への道だ。新規物件の販売が鈍ればそこで資金繰りは破綻する。

部下の千賀がクイーンズスクエアの六階レセプションルームで「さっき地下駐車場でこんな奴と会いました。こいつ、使えると思いますよ」と名刺を見せてきたのはちょうどシェアハウス事業の行く末を考えていた時期だった。

千賀に見せられた名刺には、『サガミ銀行　横浜みなとみらい支店　支店長　澤部 治』と刷ってあった。このとき、限界の見えかけていた『お菓子の家』の最後の使い道が思い浮かんだ。『お菓子の家』を使ってサガミ銀行と南条慶一郎を追い詰めてやろう。ハッピーデイズという会社はいずれ畳むことになるだろうが、それまではサガミからカネを出させるだけ出させて、一生困らないだけ蓄えればいい。

それから牧之瀬は綿密に計画を練り、慎重に実行していき、復讐の成就は今や目前となっていた。しかし、終幕のタイミングは千賀によって決められることになってしまった。持ち去られた内部資料がどう使われるのか見当はついている。千賀には落とし前を付けなければなるまい。

無理な借金を負わせた人間に、今度は俺が恨まれる立場になるのか。いや、書類改竄を知っていながら融資をしたのは銀行だ。恨むならサガミ銀行を恨め。南条慶一郎を恨め。

「父さん、母さん、また来るよ」

牧之瀬はもう一度墓碑に手を合わせ、彼岸花が風に揺れる坂道を降りていった。

†　†　†

尾風が吉永から買い取ったハッピーデイズの内部資料には、ハッピーデイズの営業社員が顧客の通帳の残高を改竄する手法が細かく記載されていた。サガミ銀行横浜みなとみらい支店の行員が「このお客さんの預金残高は二五〇〇万円くらいにしてください」と依頼するメールのコピーも入っていた。行員ごとに渡したキックバックの金額の明細もつけられていた。

資料にはUSBメモリも封入されており、行員がファミリーレストランで現金を受け取る様子、澤部が社長室で現金を受け取る様子、澤部が社長室で規程の変更を持ちかけられる様子も音声付きで録画されていた。

尾風は今では五〇〇万円でも安かったと思っている。

この資料が表に出れば、澤部は間違いなく懲戒解雇だ。朝岡も取締役以上の出世は無理だろう。うまくいけば辞任、悪くても任期満了で退任だ。そこは朝岡の反対勢力を焚きつければいい。

あの二人がいなくなれば、俺が朝岡会を引き継いで尾風会を結成し、営業推進部長に就任する。整形女のとんだとばっちりを食らってしまったが、営業推進部長は本来、俺がなるはずだったのだ。

この『内部告発文書』を誰にどのように送り付けるか。あくまでもハッピーデイズの社員が内部告発した形にせねばなるまい。

送り先は、サガミ銀行関係者だけでは握りつぶされる可能性がある。金融庁や経済マスコミにも送ろう。サガミも頭取、社外を含めた取締役、それから全部長だ。朝岡や澤部を快く思っていない部長あたりがコピーを支店にばらまくはずだ。そうなればあの二人はお終いで、俺の復活の始まりだ。

吉永はA4の資料ファイルとともに、ハッピーデイズ社の社名入りの大型封筒も三〇枚渡してくれた。これなら受け取った側はハッピーデイズの社員が内部告発したと思うだろう。しかも丁寧に切手も貼ってあった。切手の金額は余裕をもって多めにしてある。本当に吉永は気の利くやつだ。

尾凪はコピーした資料とUSBメモリを、パソコンであて名書きしたシールを貼った封筒に封入した。消印が自宅近くの郵便局ではまずい。横浜あたりの本局から出すのがいいだろう。

翌日、尾凪は自家用車の後部座席に大量の封筒を積み込み、横浜の郵便局の窓口から発送した。


サガミ銀行の本店では、午前中の早い時間に郵便局より本店各部あての郵便が一括で配達される。その大量の郵便物はメールセンターで各部ごとにより分けられる。部ごとに分けられた籠をメール担当者が台車に載せて上階から運んでいく。

その日、ハッピーデイズの社用封筒に入った書類が部長以上全員の手元に届いたのは午前十時半頃であった。

澤部は自席に置かれた分厚いハッピーデイズの封筒を見たとき、大きな不安と若干の期待を持った。期待のほうは、部長昇進を祝って札束でも送ってきたかという期待である。しかしいくら何でも封筒で札束を送っては寄こさないだろう。ハサミで口を切り封筒を開けてみた。中身を見て即座にトイレの個室に駆け込み、資料をちぎっては便器に流し込んだ。資料は流れずに詰まってしまい、便器から水があふれ澤部の足元を濡らしていった。靴の周りに水が溜まっていく。

「ちくしょう」

澤部は繰り返し洗浄ボタンを押した。「ちくしょう、ちくしょう」

ノックの音が聞こえた。

「澤部部長、いらっしゃいますか。頭取がおよびです。至急頭取室へ」

荷物搬送用のエレベーターを利用するよう指示されて、澤部は頭取フロアで降りた。

頭取室に入ると、頭取の執務机の前に立っていた秘書室長、経営企画担当専務、人事担当専務が一斉に振り返って澤部を見た。

「一応聞くが、抗弁したいことはあるかね」と人事担当専務が尋ねた。澤部は小さく「いえ」とだけ答えた。

経営企画担当専務が「すでに金融庁やマスコミからも問い合わせが入っております」と耳打ちすると、「これで御田の会長選は厳しくなるか」と頭取はつぶやき、澤部を一瞥して吐き捨てるように告げた。

「お前はここからすぐに出ていけ」

澤部治は自宅謹慎を命じられたのち、懲戒解雇となった。

営業推進部長就任からわずか三カ月後のことだった。


一人の男が神奈川県平塚市の一戸建の家の前にいた。その家で、つい数カ月前には家族で父親の部長就任を祝っていた。今は昼間なのに雨戸とカーテンが閉められ人の気配はない。

しばらくするとコンビニエンスストアの袋を下げた家の主が帰ってきた。彼は玄関前に立っている見知らぬ男を見てびくっとした。

「お菓子の家のオーナーさんですか。申し訳ないことをしたと思いますが、もう私は銀行をクビになりました。どうか銀行のほうに行ってもらえないでしょうか」

「いいえ、私は違います」と若い男は言った。

「澤部さんもオーナーやマスコミがご自宅に押し寄せて大変だったでしょう。ご家族も避難されていらっしゃるようで」

若者が責めにきたのではないと思い、澤部はほっとした。

「何だか私ばかり悪者にされて、家族は妻の実家に預かってもらっています」

「そうなのですね。お気の毒に」

「あの、どんなご用件ですか」

相手はにこりとした。

「実はこんな写真がありまして。少しでも澤部さんのお気持ちが晴れればと思ってお持ちしました。一〇枚の連続写真です」

「何の写真ですか」

「写っている人物と、持っている物をよくご覧ください」

見覚えのある人物が、見覚えのある会社の封筒を持っている。場所は郵便局の窓口のようだ。

「尾風じゃないか」

「そうです。あなたの幸せを奪った人物です」

澤部は怒りで身を震わせた。

「尾風が告発者だったのか。私にこの写真をどうしろと」

「買っていただけませんか。そのあとはご自由にお使いください」

「いくらで」

「本当は三〇〇万円といいたいところですが、澤部さん退職金も出なくて大変でしょうから、特別に一〇〇万円でいいですよ。僕も鬼じゃないんで」

「それでいいのか」

澤部は相手を探るように見つめた。

「はい。一〇〇万だと写真の必要経費にしかならないんですけど、澤部さんのためです」

「わかった、売ってくれ。ところであんた誰なんだ」

「誰でもいいじゃないですか。とにかく澤部さん、楽しみにしていますね」

吉永は澤部家からの帰り道、千賀に電話してみた。しかし返事は「電波の届かないところにいるか…」だった。千賀と連絡がつかなくなって一週間になる。

「千賀さんどうしたんだろ。まいっか」

三日後の朝、出社途中の尾風は、大船駅からサガミ銀行本店まで続く道を意気揚々と歩いていた。

結局、最後に笑うのは俺だ。内部告発文書の影響で澤部はクビになり、朝岡も立場が悪くなっている。ハッピーデイズのスキャンダルのおかげで俺の不祥事などとっくに忘れ去られている。停職処分もそのうち解かれるだろう。そうなれば今は空席になっている営業推進部長に俺が就任する。まさに起死回生だ。なんと気分のいい朝だ。

本店ビルが近づいてきた。何やら人だかりができている。

尾風が「おはよう」と声をかけると一斉に視線が集まった。皆、何かのビラを手にしている。尾風の足元にも数枚のビラが落ちていた。拾い上げてビラの写真を確認して尾風は絶句した。そこにはハッピーデイズ社の封筒を郵便局の窓口に手渡す自分の姿がはっきりと映っていた。

尾風幸一は諭旨退職となった。

第六章　サガミ銀行　本店4階講堂

内部告発文書を受け、シェアハウス『お菓子の家』向けの新規融資が停止された。

新規融資が停止されても入居率が良ければ家賃保証は履行できる。しかし実際の入居率は半分程度で、ハッピーデイズは新規物件の販売利益で家賃保証を履行していた。したがってたちまち家賃保証の履行が困難となり、ハッピーデイズは投資家オーナーに対する家賃の支払いをストップした。

ハッピーデイズから派遣していたシェアハウスの管理者も派遣されなくなり、日常的な掃除や家賃の徴収、住民間のトラブル対応なども投資家オーナーが行わざるを得ない状態になった。

投資家オーナーは約七〇〇名にのぼり、その中でも特にサガミ銀行のローンを利用しているオーナーが多い。サガミの『お菓子の家』関連融資は総額で一〇〇〇億円を超え、その大部分が月々の返済が不能となり延滞状況に陥った。不良債権となったのである。

テレビや新聞雑誌などのマスコミもこの問題を取り上げ、サガミ銀行の杜撰な審査体制や書類改竄の疑いも指摘されるようになり、投資家オーナーのみならず社会から強い批判を浴び始めた。

一部の投資家オーナーは本店前で抗議のシュプレヒコールをあげ、それがネットマスコミの格好の糾弾材料となる。

サガミ銀行の各支店には大勢の預金者が押し寄せ、普通預金や定期預金の解約を申し出てきた。サガミは危ないと聞いたからという理由と、一般個人を食い物にする銀行とは付き合いたくないなどの理由であった。支店では、『お菓子の家』について説明を求める客や苦情を申し入れる客もいれば、長い待ち時間に痺れを切らして大声をあげる客もいる。『お菓子の家』とはまったく関わりがなく、詳しい事情も知らされていない行員であっても平身低頭、謝るしかなかった。

来店客の急増に伴い本店各部の人員も交代で支店に派遣され、業務の補助を行うこととなった。若宮も一週間の期限付きで神奈川県内の相模原支店に派遣された。若宮は相模原支店で自ら申し出てロビー担当となった。ロビーとは顧客の待合スペースである。顧客の用件を事前に確認して担当者につないだり、伝票の書き方を説明したり、いらつく様子をしている顧客を宥めるなどが仕事である。ロビーに立つのはサガミ銀行に来てからは初めてのことであった。久々のロビー業務を望んだのは、『お菓子の家』の不良債権は自分にも責任があり、せめてもの罪滅ぼしで支店行員の代わりに顧客の非難を受けとめようとの気持ちからである。それにサガミ銀行の顧客と直に接する機会が欲しかった。TVの取材で何人かの顧客がインタビューに応えていた。だが銀行業は人対人の商売である。やはり現場で顔を合わせてみないとわからない感覚というものがある。こんな状況ではあるが、いや、こんな状況だからこそサガミ銀行と顧客の関わり合いの実相がつかめるのだ。

支店での一週間の任務が終わる金曜日の午後、杖をつき黒い鞄を持った白髪の老人が来店した。若宮は老人に声をかけ席を探した。あいにくロビーの席はすべて埋まっていた。補助のパイプ椅子も用意してあったがやはり満席だった。ロビー内を見回していると、社用での来店と見受けられるスーツ姿の男性がどうぞと席を譲ってくれた。若宮は礼を言って、老人を席に案内した。

「本日はどのようなご用件でしょうか。ご出金でございますか」

「いやいや」

老人は両手に大事そうに抱えた鞄に目を落とした。

「定期預金をしようと思ってね」

「それは誠にありがとうございます」

若宮には意外な答えだった。鞄の大きさからみて大口預金であろう。この一週間で初めての大口預金の顧客であった。

「あいにく混みあっておりますので、恐れ入りますが少々お待ちいただくことになるかと思います。たぶんすべてのお手続きが終わるまで一時間程度かかるかもしれませんが、お時間は大丈夫でしょうか」

「構わないよ、待つのは覚悟してきたのでね。君は見ない顔だけど応援要員かい」

「はいそうです。本店から参りました」

「それはご苦労さま」

老人は深いシワだらけの手で鞄をさすりながら言った。

「なぜこの時期に定期預金と思っているのだろうな」

「本当にありがたいことだと思っております」

「私はね、昔サガミさんに助けられたことがあってね。サガミさんが大変だと聞いて、少しでも恩返しができたらと思って方々からかき集めてきたのだよ」

老人が金属加工の工場を経営していた二十数年前、バブル崩壊で会社が経営危機に陥った。当時のメインバンクから融資を断られたがサガミ銀行の支援融資で何とか乗り切ることができたと話してくれた。会社は息子に譲り、今は悠々自適の生活を送っているという。

「あのとき親身に相談に乗ってくれ、支店長や本店を説得してくれた融資課長がいてね。確か周りから大仏様と呼ばれていたのだが、今もサガミさんにいるのかい」

「はい。本店融資部の部長をしております」

「そうか、本店の部長さんか。出世したね、よかった。彼のような真っすぐで実直な人物が役員にでもなれば、サガミさんももっと安心なんだがね」

大仏様への人物評は若宮も同意であったが、大組織ではそれだけでは上にはいけない。大仏様が間もなく定年で銀行を去るであろうことは伏せておいた。

一時間後、定期預金の手続きが終わり店を後にする老人が若宮に声をかけてきた。

「今サガミ銀行さんは大変な状況だろうが、私のように応援している人間もいる。踏ん張ってくれよ」

若宮は自動扉から出ていく老人の後ろ姿に五秒間頭を下げた。

その日の終業後、相模原支店の支店長はじめ管理職数人が若宮の慰労会を開いてくれた。サガミ銀行が非難を浴びている時勢であり、外で派手にというわけにはいかない。支店の会議室に酒とつまみを持ち込んでの極々ささやかな宴となった。

「若宮次長、それから皆さん、一週間お疲れさまでした。乾杯というのは、あまりそぐわないかな」

四〇代はじめの支店長のあいさつに一同は苦笑いし、「お疲れさまでした」と紙コップを掲げた。

「酔う前に聞いておきたいのですが」と言いながら若い課長が若宮の前の席に座った。

「若宮次長は融資部でお菓子の家も担当していたわけですよね」

「そうです」

「そうであれば、若宮さんにも今回の不祥事の責任の一端はあるということです」

「おいおい、今そんなこと言わなくても」

ベテランの課長が割って入った。

「いいですよ、事実ですし。私にも当然大きな責任があります」

若い課長が続ける。

「私たちはお菓子の家には何も関係ないのにお客様からお叱りを受けます。サガミの行員だからそれが仕方ないことなのはわかっています。でも自分たちがせっかく長年懇意にしてきたお客様が口座を解約して取引を引き上げてしまうのを見るのは残念で忍びない。若宮次長はどう思われますか」

「……」

若い課長は強い口調で繰り返した。

「どう思われるんですか」

若い課長が感じていることは銀行員として至極真っ当なことであり、若宮に問いたいという気持ちも痛いほど理解できる。同じ立場であれば自分もそうするかもしれない。和やかな雰囲気だった会議室はぴたっと沈黙した。皆、同じ気持ちでいるのだ。

若宮は椅子から立ち上がった。そして一同が息をこらして見つめる前で、両手をテーブルに着け、潔く頭を下げた。

「私、若宮が不正な融資を止めることができず、皆さんに多大なご迷惑をお掛けすることになってしまいました。誠に申し訳ありません」

嘘偽りない本心である。

「謝罪すると？」

若い課長がきいた。

「はい」

若手とベテランの両課長は困ったように視線を交わした。本部の奴らというのは傲慢で、すべてを現場のせいにするのが常である。自分たちに頭を下げて詫びるとは予想の範囲を超えた反応であったのだ。

「若宮さん顔をあげてください。若宮さんだっていろいろご苦労があったでしょう」

支店長が声をかけた。

「なにせ本店には声も態度も大きな朝岡さんがいますからね。それに当行は創業家トップの意向がすべてという風土です。その風土を是としてきた行員、一人一人が反省すべき部分が少なからずあるはずです。特に我々支店長クラスとなれば、責任なしとは言えません」

支店長は若宮を椅子に座らせると、隣に腰かけて紙コップにビールを注いでくれた。

「実は今、有志の若手支店長グループと連絡を取り合っています。今まで何が悪かったのか、これからどうすればいいのか。結論めいたものは何も出ていませんが、とにかく上や本店の言うことを聞いていればいいという今までのスタンスはやめよう。俺たちも意見をあげていこうじゃないか。これから経営体制がどうなるかはわからないが、新しいサガミを作っていこうという点では一致しています」

「そうでしたか。現場の支店長さんでそのような方々がいらっしゃるのは心強い限りです。私もサガミの行員として今の立場でできることは精一杯やるつもりです」

「お話し中、大変失礼します」

先ほどの若い課長がビール瓶を差しだしてきた。

「若宮さん、先ほどは生意気なことを言って申し訳ありませんでした。実は若宮さんは転職組なので当行のことなどどうでもいいと思っているのではないかと疑っていたのです。もし若宮さんが無責任なことをおっしゃったら、頭からビールをかけてやろうと思っていました」

ベテラン課長がさきイカを噛みながら言う。

「おい、若宮さんはロビーの仕事を買って出てくれたんだぞ。今まで本店でそんな人いなかったじゃないか。俺はそれを見たときから、責任感のある人だってわかっていたさ」

「それではまるで私が人を見る目がないみたいじゃないですか」

「そういうことだ。まだまだ修行が足りないな」

皆の笑い声を聞きながら若宮は初めて本当にサガミの一員になったような気がしていた。

若宮は副頭取の顔を思い浮かべた。

――副頭取、サガミの行員もなかなか捨てたものではありませんよ――

†††

監督官庁である金融庁は、サガミ銀行の行員がシェアハウス融資の過程で不正行為に関与していた可能性があるとして、サガミ銀行への緊急立ち入り調査を実施した。

世間や金融庁の重圧を受けサガミ銀行では第三者委員会を設置し、弁護士等による調査が開始された。調査は『お菓子の家』関連が中心である。横浜みなとみらい支店の資料、融資部で記録していた資料、メールの履歴などが提出され、関係者からの聴取も行われた。

また、調査の過程でそれ以外にもデート商法への関与、抱き合わせ販売の常態化、日常的なパワーハラスメントの横行、反社会的勢力との取引、営業推進部門の融資審査部門への恫喝などが表面化している。

このタイミングで南条頭取は会長に退き、戸越専務が頭取に就任した。数カ月後には調査委員会の調査報告書が提出され、金融庁の処分が下される。不祥事の経営責任を追及されたときには、戸越頭取が退任して責任を取るという前提だ。南条は会長として経営陣に残り、実権を握り続ける腹積もりであろう。

内部告発文書から三カ月、混乱が続く中、年末が近づいてきた。

サガミ銀行では年度初めの毎年四月に全国支店長会議が開催されている。出席者は全国の支店長約一二〇名、本店各部の部長、会長以下役員で、総勢一五〇名ほどである。

今年は南条会長の意向により、一二月に臨時の支店長会議を開催することとなった。南条会長はこのような苦難のときだからこそ、一致団結する必要があるとして開催の必要性を強調した。会長の求心力保持が狙いなのは明白だった。

支店長会議の前日、仕事が一段落した若宮はサガミに籍を置いた日から今日までを振り返り、明日の会議の重要性を再確認していた。

今回の不祥事は、横浜みなとみらい支店だけの問題ではない。朝岡にも責任はあるし、融資部にも大きな責任がある。しかし誰よりも責任があるのは、南条会長その人である。会長は銀行経営の実務的な部分は副頭取に任せっきりであった。副頭取や役員以下の行員に求めたのは、「収益を上げろ」である。経営トップ、特にサガミのような同族企業の創業家のトップの言うことは絶対だ。結果、どのようなことをしてでも収益を上げた人間が偉い、という風土ができ上がった。その風土の上に起きたのが、お菓子の家やデート商法、投資詐欺への関与、抱き合わせ販売、パワーハラスメントであった。

一方で南条慶一郎は「私は知らなかった」で逃げられる安全な立場に身を置いていた。部下が勝手にやったこと、弟が管理していた中での不祥事、そうしてしまえば自らは責任を取らなくてもいい。経営者としての名声だけを手に入れて、責任は取らない。実際に今回は戸越頭取の首だけ差し出し、本人は逃げ通すつもりだ。それで経営トップといえるのか。

そこまでして南条が経営者の地位にしがみついているのは、息子にこの銀行を継がせたい、その一点だ。上場企業、銀行の経営者としてあってはならない理由、動機だ。その人が経営を続けていてはこの銀行はダメになる。

若宮は相模原支店でのできごとを思い出した。自分はサラリーマンである。当然ながら出世したいし、上に登っていきたい。だから南条会長の息子の慶也の調査を行った。しかし今はそれだけではない。サガミ銀行を大事に思ってくれている顧客がいる。行員がいる。

計画が失敗すれば俺はこの銀行にはいられないだろう。

成功してもリスクを負っただけのリターンが得られるかはわからない。

「使命感ってものは厄介だな」

銀行が生き残ためには、南条会長には一刻も早く退いてもらわなければなるまい。

若宮は決意した。俺が引導を渡す。


支店長会議では各部の部長が方針演説を行う。会長から融資部には、世間を騒がせ行内を揺らしているハッピーデイズと『お菓子の家』の件について支店長の動揺を抑える話をするよう指示がきていた。

若宮は融資部長の大仏様の席の前に立った。

「明日の支店長会議ですが、ハッピーデイズの件について、私から発表させていただけないでしょうか」

異例の申し入れである。融資部長は、意を決した表情の若宮を凝視する。少し考えてから訊いた。

「それで当行は救われるのですか」

「はい。救います」

「何か切り札、カードを持っているのですか」

「行員の心を会長から離れさせるカードと、会長の心を挫くカードの二枚です」

「わかりました。では私は明日の朝、腹を下します」

大仏様はいたってまじめな顔でいった。

「恐れ入ります」

若宮には一抹の不安がある。

「私が裏切らないかと疑っていますか」

読み取られた。

「大丈夫です。安心してください。大仏が裏切ったら大変でしょう。しかし最後のご奉公が仮病となることとはね」

「ありがとうございます。大仏《おさらぎ》部長」

若宮はこの人が上司でよかったと思った。


翌日、サガミ銀行本店の四階講堂で全国支店長会議が開催された。

壇上には役員と各部長が並び、平場には支店長用の椅子が所狭しと用意される。

会長、頭取からの訓示に続き、各部長が方針演説を一〇分程度行う。今回は融資部長が急な体調不良で欠席となり、次長の若宮が代理で融資部の説明を行うことが当日朝に了承されていた。

若宮の番が来た。若宮は胸の鼓動を抑えながら壇上のマイクの前に立った。

「融資部の若宮よりハッピーデイズおよび『お菓子の家』の件についてご説明いたします」

まずは無難な内容として、ハッピーデイズ絡みの融資件数、融資残高、延滞件数、損失見込額等の客観情報を述べた。続いて内部告発文書の事実関係については調査したが、この場では詳細については触れられない旨を述べた。ここまでは、参加者にとっても既知の情報が多く特に驚きはなかった。会場内が、まあこのくらいしか話せないよなという雰囲気になり始めたとき、若宮は本題に入った。

「次にハッピーデイズ社と当行の因縁についてです」

〝因縁〟という単語を聞き、若宮が何か言い違ったか、それとも自分が聞き違ったかと思い、全員が同時に顔をあげた。

「ハッピーデイズの代表者、社長は牧之瀬優司という人物です。この会場の中で〝牧之瀬〟という苗字に心当たりのある方はいらっしゃいませんか。優司以外の人物です」

「戸越頭取はいかがでしょうか」

「あるわけないだろう」

「南条会長はいかがでしょうか」

「牧之瀬…」

南条には微かに聞き覚えがあった。

「安藤銀行時代に会長が引き起こした交通事故は憶えていらっしゃいますか。ゴルフ場帰りの交通事故です」

交通事故と聞き、南条の表情が少し動いた。

「ハッピーデイズの社長は、会長と安藤銀行で同期だった牧之瀬英彦氏の息子です」

「何だと」

「牧之瀬英彦氏は、安藤銀行時代の会長が起こした小さな交通事故で会長の身代わりとなりました。しかし、事故の相手が悪かった。会長もご記憶にあるかと存じますが相手が裏社会の人間で、身代わりの証拠写真をネタに安藤銀行を強請ってきました。その懲罰人事で牧之瀬氏は閑職に飛ばされました。ここまでは会長が安藤銀行に在職中のできごとですのでご承知のことと思います。その数年後、牧之瀬氏は将来に絶望し、失意のうちに自ら命を絶ちました」

全員が息をのむ。一人南条だけは表情を変えない。罪悪感などないらしい。

「作り話だろ。証拠を出せ」と叫んで朝岡が立ち上がったが、以前ほどの威圧感はない。「そうだ」と同調する者もうなづく者もいない。皆、話の続きを聞きたがっていた。よくわからないが、会長が追い込まれるかもしれない。もし万が一、会長が辞任したらどうなる。俺にとって損か、得か。誰が次のトップか。そこまで考えを巡らせている者もいただろう。静まり返った会場を見回して、朝岡が不機嫌そうに腰を下ろした。

若宮は続けた。

「この話は安藤銀行で会長および牧之瀬氏と親交のあった同期の方から直接うかがったものです。いわゆる人的証拠です。また、傍証になりますが、このような写真もあります」

若宮は手元のパソコンを操作してスクリーンに軽井沢の保養所での写真を映し出した。

「こちらが南条会長、隣にいるのが牧之瀬氏です」

所々であれは確かに会長だ、とささやく声がした。朝岡はもう何も言わない。

「成人して父親の死の真相を知った息子の牧之瀬優司は、会長への復讐心を燃やし続けていたのでしょう。不動産会社の社長となり、復讐の機会を虎視眈々と狙っていた。そこにまんまと飛びついたのが横浜みなとみらい支店です。どうやって取り込まれていったかは内部告発文書にあったとおりです。牧之瀬はあらゆる手段を使って、行員へのキックバックや規程変更、書類改竄を駆使して当行から融資を引き出しました。結果、当行には『お菓子の家』案件で多額の不良債権が発生しました。この不良債権は会長への復讐のために牧之瀬が仕組んだものです。安藤銀行時代の会長の間違った行動がなければ、今の当行の苦境はなかったでしょう」

ざわつく会場内では隣同士で「おい、おい会長自身が原因かよ」などと話をする者もいる。

若宮は続けた。

「会長には、当行を窮地に追い込んだ責任がございます。ご自身の進退についてご決断をお願いいたします」

全員が南条に注目する。

南条は、強い調子で言った。

「私には別の責任もある」

まだ居座るつもりか。

「別の責任とは、会長のご子息、慶也氏を頭取の座に就かせるというご先祖様への責任ですか」

「なぜ慶也のことを」

今度は明らかに動揺している。

「その責任を果たすことは会長にはできません」

「何だと」

「慶也氏に胸を張って頭取の椅子を渡したい。そのためには当行が魅力的で社会的にも評価の高い銀行であることが必要だ。メガバンクや上位地銀に規模では及ばなくても、収益率や独自路線で監督官庁や銀行業界で一目置かれる銀行にする。会長の銀行経営者としての名声も上げる。そうすれば、慶也氏もいずれは了承すると会長は思われたはずです。だから亡き副頭取は多少のことには目をつぶってリスクの高い融資も承諾してきた。何も知らずに自分が次の頭取候補だと勝手に思っている面々を競争させていたのでしょう。御田会の会長を目指したのも含めて、すべては慶也氏を当行に迎え入れるための手段だった」

「聞いたような口をきくな。お前は慶也の何を知っているというのだ」

引導を渡すときが来た。

「こちらをお聞きください」

若宮は石清水慶也氏との面談で録音した内容を流した。慶也の声が講堂に響く。

―サガミ銀行を継ぐ気は一切ありません。可能性はゼロパーセントです。私にとっては傍迷惑な話でしかありません。私は今の仕事で充実しています。これからもこの分野で生きていくつもりです。一般論で言っても、上場企業で、まして公共性の高い銀行が世襲の時代でもないでしょう。

確かに生物学上、私はサガミ銀行頭取の南条慶一郎氏の血をひいています。それは紛れもない事実です。ただし、そのことが私自身の今までの人生と今後の人生を左右することはありません。私の人生にはサガミ銀行も南条氏も些かも関係ない。

もし、機会があれば若宮さんから南条慶一郎氏にお伝えください。石清水慶也は、サガミ銀行を継ぐつもりはない。ただ、この世に生を授けさせてくれたこと、その一点だけには感謝していると―

「嘘だ、何かの間違いだ。いや、お前の捏造だ」

南条慶一郎はサガミ銀行での四〇年間で、初めて行員の前で感情を露わにした。

南条以外の者はことの詳細がわからない。しかし、非常事態であることは理解している。

「嘘でも間違いでも、捏造でもありません。真実です。私は石清水慶也氏、会長の安藤銀行時代の最初のご結婚で授かった慶也氏を探し出しお会いいたしました。会長の直接の血を引く唯一の男子です。会長は慶也氏が社会人となってから毎年、慶也氏に手紙を出されていましたよね」

これがとどめだ。手紙の件は当人同士しか知らない事実である。若宮が石清水慶也と接触した何よりの証拠だ。南条の表情がいっそう厳しいものとなった。

「私から慶也氏にサガミ銀行を継ぐ意思があるかおうかがいしたところ、明確にノーのご返事をされました。面会は三〇分ほどでしたが、先ほど再生したのはその一部です。ご納得いかなければ録音したすべてをこの場でお聞かせいたします」

そこにいる大半の者も大方の事情が呑み込めた。俺たちは会長が息子にこの銀行を継がせるためのコマだったのか。

鋭い視線が南条に集まる。

静かな時間が流れる。

皆の注目が集まる中、南条は肩を落として力なく言った。

「それには及ばん」

南条慶一郎は希望を失った哀れな一人の老人になっていた。

老人はゆっくり立ち上がり、おぼつかない足取りで会場を後にした。女性秘書以外に後を追う者はいなかった。

†††

全国支店長会議から三カ月後の翌年三月、第三者委員会の調査報告書が公表された。同時に南条会長、戸越頭取、人事担当村上専務、経営企画担当江川専務、融資担当大沢常務、営業推進担当朝岡取締役の株主総会後の退任が発表された。南条会長はもはや一切の抵抗をしなかったと聞いた。ただ一人、事務・システム担当取締役の明石は、不正融資やパワーハラスメントは管掌外であり、経営全般への責任も相対的に軽く、消去法的に代表取締役頭取に就任することとなった。そのほか新任取締役も選任され、大仏が六月の株主総会を経て融資担当取締役となった。

若宮は明石新頭取のたっての要請で秘書室長に就任した。新頭取にとって若宮は今回の思いがけない幸運の最大の功労者である。

その頃、ハッピーデイズは裁判所より破産手続き開始決定を受けた。すでに牧之瀬優司は家賃保証の履行停止直後に知人に社長の座を譲り会社を離れ、その後行方をくらませていた。

秘書室長となった若宮は、新頭取の命により、資本政策に奔走することになった。具体的に言えば、南条家およびその関係会社や団体が保有するサガミ銀行株の引受先を探すのがミッションである。第三者委員会や金融庁から指摘、指導を受けての措置である。

当初は複数のメガバンク、地方銀行と水面下で交渉を進めるも、折からのマイナス金利で収益力の低下に苦しむ銀行にサガミを救済する余力はなく、立ち消えた。ネット銀行が積極的にアプローチしてきたが、行内の拒否反応が強く交渉は頓挫。八方ふさがりになりかけたところ、大仏取締役の知己が代表を務める投資ファンド、M&Mキャピタルが株を買い取ることで交渉が進み、株式譲渡の契約が行われた。

また、『お菓子の家』の被害者オーナーとは、裁判所の調停委員会の調停勧告に基づき、担保不動産の価値と融資金額の差額について、実質的な債権放棄を行うことで一応の決着をみた。

新経営陣発足から九カ月が経ち、行内も徐々に落ち着きを取り戻していた翌年三月下旬、定例の取締役会が開催された。秘書室長の若宮もいつも通り事務局の席に腰を下ろした。

定時に議長の明石頭取が開会を宣言し、予定の議案について議事進行が粛々と行われた。

若宮がこれで終わりかと息をついたところで議長の頭取が「本日は緊急ですが、もう一件議案を諮りたいと思います。大仏取締役からご説明ください」と告げた。

大仏は座ったまま「一昨日、M&Mキャピタルより新任取締役の推薦がありましたのでご紹介と皆様のご承認をいただきたいと思います」と発言した。

若宮は思わず「えっ」と声をあげそうになった。そんな話は聞いていない。だが驚いたのは若宮だけで、取締役は誰一人驚いた様子はない。ただ無表情に聞いている者や一瞬苦虫をかんだような表情の者がいる一方で、笑みを浮かべている者もいる。反応はさまざまであったが、全員がすでに知っていたようだ。

大仏が「お入りください」とドアの方に声をかけた。ゆっくりとドアが開き、一人の男が入ってきた。若宮は思わず「慶也さん」と言いそうになった。しかし年齢、背格好、顔つきは似ているが石清水慶也とは別人だ。いったい何者だ。

男はゆっくりと部屋の前方に歩いていき、ホワイトボードに自身の名前を書いた。

「山之内慶春です。よろしくお願いします」

頭取が立ち上がり話し始めた。

「山之内慶春氏は大学ご卒業後、アメリカのスポーツ用品メーカーに就職され、主にマーケティングの分野をご専門とし、現在は同社のアジア地区のエグゼクティブマネージャーでご活躍されていらっしゃいます。このたびM&Mキャピタルよりご推薦があり、山之内氏の卓越した知識と経験を当行でいかんなく発揮していただくべく、六月の定時株主総会にて新任取締役候補として付議し、株主様のご承認をいただきたいと思っております。みなさんいかがでしょうか」

「異議なし」

異を唱える者がいないと確認した頭取が続ける。

「山之内氏には、これから一年間で当行の仕事に慣れていただき、来年には頭取に就任していただこうと考えています。私はそのタイミングで代表権のない会長に退きます。また、山之内氏を支える立場として大仏取締役には副頭取にご就任いただこうと思っています」

取締役会が閉会し、唖然とする若宮に大仏取締役が声をかけてきた。

「若宮さんには謝らないといけませんね。黙っていて申し訳ありませんでした。だが、あなたにも悪い話ではないと思いますよ」

「いったいどういうことですか」

「亡き副頭取から若宮さんへのご遺言です。『慶春をよろしく頼む』だそうです」

「あの方は、副頭取の…」

「ご落胤です」

そうだったのか。頭取の息子のことしか頭になかった。

「慶春様があなたに部屋に来るようにとのことでした」

「部屋とは」

「亡き副頭取の執務室です。まあ、来年には頭取執務室になるでしょう」


若宮は最上階に向かいながら考えた。

副頭取に隠し子がいた。大仏はそれを知っていた。

息子に銀行を継がせたいと思っていたのは南条慶一郎だけではなかった。慶次も同じだったのだ。石清水慶也が銀行を継ぐつもりがないと判明しても、慶一郎がすんなりと慶次の息子に継がせるかはわからない。だから俺を使って慶一郎を追放し、株も売却させたところで慶次の息子を送り込んできた。

俺は副頭取に踊らされたのか。

若宮は怒りが込みあげてくるのを抑えながら、努めて冷静に現状分析を続けた。

なぜファンドは慶次の息子を送り込んできたのか。ファンドから役員を送り込まれるのは想定内だが、よりによって南条家の血を引く人物とは。それに大仏以外の役員連中から異論の声があがらなかったのはなぜだ。あの様子だと慶次の息子だと知っているはずだ。役員連中は同族経営から脱却すると誓っていたはずだったのに。認めなければ取締役から外すとでもファンドや大仏から言われたのか。これでいいのか。この銀行は南条家の呪縛から逃れられないのか。

指定された最上階の部屋に着いた。以前は慶次副頭取の執務室だったが逝去後は主不在となっている。ノックをして入るとソファに腰を下ろしていた山之内慶春が立ち上がり、向かいの席を勧めた。

「驚きましたか」

「はい。何が起きたのか、まだ頭が整理できていません」

「頭の混乱の核心は、なぜ私が送り込まれてきたかですよね」

「はい、一番はその点です」

「私の父、慶次とM＆Mキャピタルの代表は日本商科大学のゼミの同窓生で、卒業してからも懇意にしていました。代表の実家は相模原にあって、代表の兄が金属加工の工場を経営していたそうです。今から二〇年以上前の話になりますが、バブル崩壊で工場の経営が苦しくなったときに大仏さんと父が助け舟を出しました。実家と兄を守ってくれたことに代表は恩義を感じ、以来、何か銀行で困ったことがあったら手助けすると、そのような約束をしていたそうです」

相模原支店で会ったあの老人のことか。

「若宮さん。父からあなたのことはよく聞いていました。病の床でもあなたは優秀だし、頼りになる。あなたの協力のもと新しいサガミを作ってくれと言っていました。若宮さんには来年、取締役になっていただきます。一緒にいい銀行にしていきましょう」

副頭取に操られていたのか、偶然の積み重ねの結果かはわからないが、若宮は副頭取の最大の功労者、兄を銀行から追い出すという功労者になっていた。その功績で役員にしてやろうということか。

若宮は先ほどの大仏の言葉を思い出した。

確かに現状での損得だけを考えれば、俺にとっても悪い話ではない。

しかし、心は釈然としない。

それに人の口に戸は立てられない。目の前の人物が副頭取の息子ということはいずれ行内や世間に知れ渡ることになるだろう。株主総会や取締役会の正規の手続きを踏めば、金融庁も役員人事にまで口出しはできない。

行員の気持ちはどうなのか。やっとまともな銀行になろうとしている矢先に南条家支配に逆戻りだ。しかし、創業家支配でうまくいっている大企業も現に存在する。創業家支配が一〇〇%の悪とも言い切れない。事実、慣れ親しんだ創業家支配の時代を懐かしむ行員もいると聞く。行員が慶春を受け入れるのか、拒絶反応を示すのか、どちらなのか読み切れない。役員連中も先ほどの様子では納得いかない者と喜んでいる者に分かれていたではないか。

ここは情勢を見極める時間が必要だ。今の段階で慶春の話に乗ってしまっては、俺は完全に慶春・大仏ラインに入ることになる。しばらくはニュートラルの立ち位置が賢明だろう。ここで旗幟を鮮明にする必要はない。ただしアンチと取られても困る。

「大変ありがたいお話ではありますが、外様で支店長も経験していない私がいきなり取締役に就任してしまっては、プロパーの支店長連中が納得しないでしょう。それは慶春様の求心力を削ぐことにもつながりかねません。つきましては勝手な申し出ですが、私を一度、相応の支店の支店長に出していただけませんでしょうか。そこで実績を積み、しかるべきタイミングで呼び戻していただければ、慶春様のおそばにお仕えしてお支えいたします」

本店にいては監視される。支店のほうが何かと動きやすい。他店の支店長とも連携が取れる。

「なるほど、わかりました。どの支店に行っていただくかは考えておきましょう」

「我儘を言って申し訳ありません」

若宮は部屋を出てエレベーターに乗った。

この銀行はどこへ向かっていくのだろうか。俺はこの銀行で何ができるのか。

四三歳でサガミ銀行に来てから四年。残りの銀行員生活もそう長くはない。どこまでいけるかわからないが、あとは自分の好きなように、悔いの残らないようにやるだけだ。

本書はフィクションです。
実在の人物や団体などとは関係ありません。

［著者］

渋井正浩（しぶい・まさひろ）

1966年宮城県生まれ。1988年東北大学経済学部卒業。協和銀行（現りそな銀行）入行。支店での営業担当を経て、本社で法人融資審査業務を行う。2005年りそな銀行を退職。セミナー・研修講師として独立し、金融機関の社員研修を中心に活動中。著書には『社長のふところに飛び込む極意』（近代セールス社）がある。

銀行炎上　絶対不祥事

2021年10月26日　第1刷発行

著者――――――――渋井 正浩
発行所―――――――ダイヤモンド社
〒150-8409　東京都渋谷区神宮前6-12-17
https://www.diamond.co.jp/
電話／03-5778-7235（編集）　03-5778-6618（販売）
ブックデザイン―――ジュリアーノ・ナカニシ（有限会社エクサピーコ）
製作進行―――――――ダイヤモンド・グラフィック社
印刷／製本―――――三松堂
編集担当―――――――花岡 則夫

ISBN 978-4-478-11430-8